La Noche que Renunció Ricky

Alexis Sebastián Méndez

ALEXIS SEBASTIÁN MÉNDEZ

FIC
Mendez
Spanish

Para todos que fueron parte de este fabuloso evento...

ALEXIS SEBASTIÁN MÉNDEZ

El perreo intenso acaba de comenzar.

Jorge Rivera Nieves

...Me acabo de martillar las pelotas.

Ricardo Rosselló

Prólogo

ALEXIS SEBASTIÁN MÉNDEZ

F ue un 25 de julio.

Cabucoana no sabía que ésa era la fecha, porque no se dejaba guiar por ese tipo de calendario. Los taínos no se preocupaban con nombres exactos para los días, solo interesaban el conteo para regir la agricultura.

Tampoco Cabucoana hubiera descrito a su gente como "los taínos". Se consideraba de Borikén. El nombre "taíno" fue una confusión de los españoles, pues ésta era el vocablo equivalente para "bueno". Los indígenas le estaban dejando saber a los visitantes que ellos eran "los buenos", contrario a los Caribes, que las malas lenguas decían que eran caníbales, o sea, que tenían malas bocas.

La descripción propia como "buenos" no era falta de humildad, sino una realidad innegable. Según había descrito el mismísimo Cristóbal Colón, los indígenas le entregaron todo lo que poseían con buena voluntad y gusto. Parecían ajenos a los conceptos del mal, como robar o matar. Seguía en su descripción: Hablan dulce, aman a sus vecinos, son amables y siempre están riendo.

En resumen: Eran un gran pueblo. Un pueblo inofensivo. Un pueblo perfecto para ser explotado y abusado.

Que fue lo que ocurrió. Los españoles los esclavizaron, violaban a las mujeres, se divertían matándolos. Según describió Bartolomé de Las Casas, quien se destacó en la iglesia católica por su defensa de los indígenas, los españoles apostaban a quién podía cortar a un taíno por la mitad o decapitarle con un solo golpe; o le abrían las entrañas para divertirse con el espectáculo grotesco. En ocasiones le arrebataban el bebé a una madre mientras lo lactaba, y lo restrellaban contra una roca, como quien le rompe un juguete en la cara a un niño solo por verlo llorar.

Cabucoana era un bohique, o lo que llamarían un curandero. Era sacerdote de su tribu, manejaba los areitos, los actos religiosos y la educación de los niños.

Ya no quedaban niños para educar. Su tribu había sido exterminada. Cabucoana le había asegurado al cacique que los protegería, que se comunicaba con los dioses a través de su cemí, que no tenían nada que temer.

Solo tomó unas semanas para que el último bohío fuese destruido. Los niños se convirtieron en fichas en los juegos de muerte de los españoles, las mujeres fueron ultrajadas y muchas asesinadas. La mayoría –hombres, mujeres, niños, viejos– murieron de pena, un fenómeno que no merece ser romantizado. Algunos varones pospusieron su muerte cuando fueron esclavizados para la explotación oro. Ese oro sería parte de las riquezas de España, con la que construirían enormes edificios y monumentos que, por pura ironía, sería la fascinación de turistas puertorriqueños en Madrid que se preguntaban por qué en su país no hay cosas así.

Cabucoana no había podido proteger a quienes vivían en su yucayeque, ni siquiera a su familia. Logró escapar cuando ya se deshacían de los restantes sobrevivientes. Cabucoana caminó en dirección al mar.

Llegó hasta una acantilado, alto y hermoso.

Tiró su cemí en el suelo. Ya no lo necesitaba.

Como muchos taínos ahogados por el dolor, por un sentido de impotencia y humillación, se dejó caer en las olas que chocaban contra las rocas casi doscientos pies debajo.

Este triste comienzo puede parecer no estar relacionado a nuestra historia: Los eventos del verano del 2019, en que los puertorriqueños lograron, para admiración del mundo entero, forzar a que su gobernador renunciara.

Paciencia: Todo en nuestra historia tiene causa y efecto, aunque si se quiere juzgar en corto plazo, para la mayoría de los boricuas, todo comenzó con un chat.

ALEXIS SEBASTIÁN MÉNDEZ

Sábado

13 de julio de 2019

Vicente Rosario no sabía qué carajo era un chat. Mucho menos imaginaría que esto lo forzaría a compartir con sucios degenerados manifestantes pelús comunistas antiamericanos de izquierda, en un heroico esfuerzo por evitar que su nieta participara del perreo combativo.

Su nieta Sasha le volvió a explicar lo que era un chat, pero Vicente no tenía paciencia para la tecnología. Nunca entendía por qué los jóvenes tenían esta afición de comunicarse con tantos inconvenientes. Si te llamo al teléfono, contesta el cabrón teléfono –o "maldito" teléfono, porque Vicente guardaba sus palabrotas para ocasiones especiales– y nos decimos lo que tenemos que decirnos, y ya.

Hoy era un buen día para treparse en tarima y declarar el canto de victoria y estrujada facial de "si los jóvenes nos hicieran caso, estas cosas no pasaban".

***

Las cosas que pasaban, a las que se refería el estadista de casi ochenta años, eran las siguientes:

El gobernador de Puerto Rico, un joven llamado Ricardo Rosselló –o "Ricky"–, despidió al Secretario de Hacienda, quien había expresado públicamente que existía una mafia interna en el manejo de recaudos de impuestos, por el cual se eliminaban deudas y se facilitaban exenciones. El gobernador, en lugar de mostrar indignación ante semejante conspiración, prefirió indignarse por tener un chota mayor en su grupo, y despidió al Secretario de un golpe.

Todavía Ricky Rosselló no sabía lo que era un chota.

Lo supo poco después.

El hijo del despedido –una figura de película llamada "Raulie" – mantenía grabado meses de intercambios escritos entre el gobernador y su gabinete.

Y lo compartió con un daño calculado que es admirable.

El martes anterior había filtrado unas pocas páginas. Entre lo liberado al público, se distinguió los viajes vacacionales del gabinete bajo el pretexto de "gestiones oficiales", e insultos a otros miembros del partido, incluyendo el polémico uso de "mamabicho", que en la opinión y gusto de algunas personas, no cualifica como ofensa.

Como una coreografía de "vamos a joderlo", el miércoles los federales arrestaron a varias figuras relacionadas al gobierno de Ricky Rosselló, en particular a una gringa de apellido Keleher, que se había desempeñado como Secretaria de Educación, y que solo distaba un aguacate de ser el Profesor McDowell.

Todo esto fue suficiente para revolver el país. El gobernador tuvo que interrumpir sus vacaciones europeas –disculpen: gestiones oficiales fuera del país– y regresar a la isla sin su familia.

El jueves le esperaba la liberación de otras páginas del chat. Esta vez el peo estaba mojado.

Según el chat, cuando la exconcejal de la ciudad de Nueva York hizo unas expresiones contrarias a la misión estadista, el gobernador le sugirió a su equipo que debían "caerle encima a esta puta".

Puta, como mamabicho, puede no ser un insulto. Como en toda palabra, el corte está en la intención. "Caerle encima" era peor que "a esta puta", pero la combinación resultaba nefasta y, sobre todo, decepcionante para alguien en la posición de gobernador.

Ricky intentó apaciguar la tormenta con una conferencia de prensa, donde cometió un acierto y un error.

Su acierto fue reconocer que estaba mal y pedir perdón. El valor de sus disculpas se disolvió al acompañarlas con una justificación para su conducta: Los insultos era su manera de liberar el "stress". Debe ser muy hiriente para la Primera Dama cuando juegan Jenga.

Su error fue retar a que liberaran el resto del chat.

Ese error se lo debe a otro error: Haber seguido el consejo del fantasma de Carlos Romero Barceló.

***

La dimensión del error se conoció esta mañana: Un total de 889 páginas de mensajes intercambiados, entre Ricky Rosselló y su equipo de trabajo durante dos meses.

El chat es prueba de que el gobernador no respeta. Sobre unos comentarios de Carmen Yulín, la alcaldesa de San Juan, Ricky reacciona "¿La comandanta dejó de tomar sus medicamento? Es eso o es tremenda HP." El HP no se refiere a Hospital Pediátrico o a las impresoras Hewlett-Packard, sino a la apreciación de que es una hija de puta.

El chat es prueba de que el gobernador es homofóbico. De manera burlona, se refiere a mujeres –algunas que han salido del closet– como "dama", pero poniendo el "dama" con varias comillas, como indicando sarcasmo en el epíteto. El gobernador permite sin reproches que un miembro de su gabinete indique que el artista Ricky Martin es tan machista que se folla a los hombres porque las mujeres no dan la talla.

El chat es prueba de que el gobernador encuentra divertida la violencia. Cuando alguien de su gabinete comenta que está salivando por dispararle a Carmen Yulín, Ricky responde que le estaría haciendo un gran favor (no si saliva; sino si le pega el tiro a su contrincante).

El chat es prueba de que el gobernador conspira contra otros funcionarios públicos. En cuanto al monitor de la Policía, enviado por el gobierno federal para asegurar reformas necesarias en ese cuerpo, el equipo de Rosselló identifica que este hombre será un dolor de cabeza mayor en las próximas elecciones. Por tanto "hay que meterle mano", y debe formarse un revolú abajo, arriba y al lado, para que lo saquen, y si no lo sacan, por los menos dejarlo desacreditado.

El chat es prueba de que el gobernador menosprecia la tragedia del huracán María. Decenas de cadáveres se acumulaban debido a la falta de personal para realizar autopsias, todo esto mientras los amigos del gobernador se repartían contratos millonarios. ¿El comentario en el chat relacionado a estos muertos, a estos seres ya sin vida, pero que tienen familiares angustiados por dar algún cierre a semejante perdida? Citamos: "Ahora que estamos en ese tema, ¿no tenemos algún cadáver para alimentar a nuestros cuervos? Claramente necesitan atención".

El chat es prueba de que el gobernador es tan arrogante que no respeta ni a sus seguidores. En un momento declara: "Cogemos de pendejos hasta los nuestros".

De esta última, muchos no se quejaron.

***

Vicente protestó cuando escuchó que estas páginas provenían de una aplicación llamada "Telegram".

—Todo eso es falso, porque los telegramas son de pocas líneas. Te cobran por letra. Un telegrama de ese tamaño no lo hubiera permitido la Junta de Control Fiscal.

***

Nadie le permitía o prohibía nada a Ricky Rosselló. El

gobernador había conocido, durante su corta vida, la opción de salirse con la suya. Siempre había podido pisotear y esconder sus errores, pero éste era demasiado grande para ocultar.

Perder el control era, por tanto, un estado mortificante y extraño para él.

Ricky se escabulló a su guarida de soledad.

Su familia seguía en Europa. Los asesores le abrumaban con opiniones no solicitadas. Los políticos de su partido le llamaban incitando sus próximas acciones. Nadie le preguntaba cómo se sentía.

Estaba desesperado. Decidió ocultarse en su salón del trono.

El salón del trono es un cuarto que el gobernador había comenzado a preparar hace más de veinte años, en un recoveco de los túneles debajo de la mansión ejecutiva. El cuarto incluía una pequeña cocina, un radio, y un enorme trono hecho con pedazos de otros muebles y telas.

Ricky Rosselló había comenzado a construir este espacio durante su adolescencia. Su padre, el doctor Pedro Rosselló, había gobernado Puerto Rico durante casi toda la década de los noventa. La mansión ejecutiva se conocía como La Fortaleza o el Palacio de Santa Catalina, una edificación remanente del dominio español que duró desde el descubrimiento de la isla hasta la invasión de los Estados Unidos a finales del siglo 19. La ciudad capital del Viejo San Juan conservaba su diseño de defensa, con túneles que unían los fuertes de defensa marítima, la desaparecida cárcel de La Princesa y la llamada Fortaleza.

Ricky caminaba por los corredores oscuros que ya conocía de memoria. Sintió los pasos de la Reina, la husky siberiana de la familia, que le seguía.

—Hoy no —le ordenó a la mascota.

La perra le miró fijamente. Ricky podía distinguir los ojos claros de Reina estudiando el valor de la orden.

—¿Estás seguro? —le preguntó la perra.

—Solo necesito un rato.

Rosselló encontró su salón del trono. Allí se derrumbó a pensar, rodeado por oscuridad y peste a humedad. Sus consejeros andaban cerca. Pero no tenía deseos de charlar con la perra o con el fantasma.

Consultaría a su inspiración en la política, un hombre que atravesó fuertes crisis, pero siempre salía ileso.

Ricky decidió hablar con su padre.

***

Sasha estaba esquivando hablar con su abuelo. La joven de casi veinte y el anciano de casi ochenta, estaban distanciados por una diferencia abismal en actitudes y valores, pero esa brecha era inadvertida por el amor, respeto y admiración que les unía. Desde que comenzó la controversia, Sasha no ha podido ignorar las posturas duras y juiciosas de abuelo Vicente, o Abu, o Papá, como solía llamarlo.

Su "basta ya" comenzó el jueves. Sasha sulfuraba por el uso de "puta" de parte del gobernador. Maldecía esa costumbre de los hombres de agredir a las mujeres con la palabra "puta", con la intención de restarle valor, un ataque estrictamente al género femenino, pues nunca usan "puto" cuando desean insultar a un varón. El agravante de "caerle encima" es una provocación de violencia a la mujer, aunque fuera de manera figurativa.

Vicente asumió su postura de defensor del gobernador. Sus argumentos eran diversos. Eso es algo que estaba diciendo en privado, porque así funcionan los telegramas. Esa mujer estaba atacando el ideal de la estadidad, así que es una socialista, y todos sabemos que las socialistas son putas porque creen en que todo hay que compartirlo. Perdona que haya usado esa palabra, pero las cosas por su nombre. Por eso hay tantas prostitutas en los países socialistas, mira a las jineteras de Cuba, esas pobres mujeres que tienen que separar las piernas por la noche para poder desayunar en la mañana.

Sasha dejó de discutir, porque la experiencia le había enseñado que su abuelo no perdía sus discusiones aunque las perdiera. La indignación continuó colándose en sus conversaciones de viernes, pero las páginas que se hicieron públicas el sábado fueron la cisterna que derramó la copa.

Vicente estaba mortificado. ¡El hombre ya pidió perdón! ¡No seamos hipócritas! ¡Todo el mundo habla malo! ¡Tanta cosa por una palabrita!

Ya Sasha le había explicado varias veces todas las ofensas personales, legales y éticas en el chat, pero Vicente –como muchos fanáticos en Puerto Rico– prefería limitarse al aspecto que podía considerarse más superfluo. Sasha aceptó usar ese flanco para combate.

–¿No te parece grave referirse como "puta" a una mujer?

–Es una falta de respeto, puedo conceder que no muy caballeroso. Pero tampoco hay que cogerlo como si fuera de verdad.

–Pues de ahora en adelante no me llames Sasha. Llámame "puta".

Vicente abrió tanto los ojos que por poco se mete los párpados en el cerebro.

–¡Sasha! ¡No hables así!

–Que no es Sasha, que es "puta".

–¡No te voy a llamar así! ¡Qué cosas dices!

–Pero es que no tiene nada malo si sabes que no es verdad.

Y se fue.

Vicente no asumió culpa por la discusión. Ella está así por los malditos universitarios, que le meten cosas en la cabeza, pensó. Y de los Populares. Y de los comunista. Y de la prensa izquierdista.

Buscar la culpa de lo que estaba ocurriendo, podría ir mucho más atrás. Existe lo que se llama el "Efecto de la mariposa", el cual establece que el aleteo de una mariposa en Chicago podría causar –siguiendo las leyes de causa y efecto– una película mediocre con Ashton Kutcher. En nuestra historia, podríamos usar de referencia la llegada de Cristóbal Colón, o la escena del prólogo, o los eventos de 1898.

***

Fue un 25 de julio.

En esa fecha, ocurrió la invasión estadounidense a Puerto Rico. Más adelante, esto sería suavizado con el eufemismo "la llegada de los americanos", como si se tratara de invitados o turistas.

Pero fue una invasión; era un acto de guerra dentro de una guerra declarada, una entrada forzosa en un terreno que no les pertenecía. No hay que ablandar el asunto.

Otro intento por suavizar el evento, es interpretarlo como un gesto bondadoso de querer "rescatarnos".

Cuando la Guerra Hispanoamericana entre Estados Unidos y España comenzó, pocos meses antes, la atención estaba en Cuba. Los cubanos llevaban una cruenta guerra por independizarse de España. Éste no es el único momento en que Cuba será relevante a nuestra historia, pues, dependiendo del momento histórico, ha sido fuente de inspiración o de miedo.

Los puertorriqueños, por otro lado, no estaban en guerra con España. El país había logrado un gobierno autonómico, el cual fue inaugurado el 17 de julio de 1898. Puerto Rico disfrutó su autonomía durante ocho días, hasta que el ejército de Estados Unidos desembarcó por Guánica. La resistencia contra el invasor fue mediocre, pues los españoles estaban desmoralizados y mal preparados. Los soldados estadounidenses, en cambio, lucían limpios y brilladitos, ganando la admiración de los mirones cuando marchaban ordenadamente. Los aplausos eran de apreciación al espectáculo de circo y no de gratitud a su llegada o, mejor dicho, invasión. Pocos días después, el país se consideraba conquistado.

Tras anunciar que no consideraban intervenir con las leyes y costumbres existentes, los Estados Unidos procedió a intervenir con las leyes y costumbres existentes. Eliminaron las libertades obtenidas por la Carta Autonómica, anularon el nuevo gobierno local, e impulsaron el uso del inglés entre los boricuas.

Dos años más tarde, un senador estadounidense compartió su apreciación de los boricuas: No le gustaban los puertorriqueños; no eran luchadores como los cubanos, y apenas habían mostrado oposición a siglos de tiranía española. Hablaba como si fuese Cristóbal Colón conociendo a los taínos.

Lo cierto es que, poco tiempo después, Cuba tenía su independencia, mientras que Puerto Rico aún no controlaba su destino.

Muchos de los lectores deben haber suspirado –mientras elevaban los ojos al techo– cuando comenzó esta sección. Aquí viene otro "original" a echarle la culpa de todo a los gringos, dijeron. Desde aquí les escuché.

No es culpa de Estados Unidos. En todo caso, la culpa es de los boricuas, y de circunstancias descritas en el prólogo.

En lo que todos debemos estar de acuerdo, es en que las medidas que tomemos –sea marchar, recurrir a la violencia política, o escribir en un chat– son acciones totalmente en nuestro control. Pero las decisiones escogidas, están basadas en nuestras realidades. La invasión estadounidense dejó al país sin identidad política. Todas nuestras peleas internas, divisiones y luchas posteriores, estarían cimentadas en nuestras interpretaciones sobre la mejor ruta para resolver ese atolladero.

Queremos, al final del camino, conseguir prosperidad y paz; aunque tengamos que destruirnos.

***

Vicente se sentía destruido.

Sasha no estaba allí, aunque eso no era inusual. Ella estudiaba en la Universidad de Puerto Rico, tenía un trabajo de tiempo parcial como mesera, y festejaba hasta tarde los fines de semana. Pero la soledad de estar solo no es igual que la soledad de saber que estás solo. Vicente reconocía que Sasha no volvería, pues tiene la misma cabeza dura de su madre, quien a la vez la heredó de su padre.

Vicente se sentó en la oscuridad de la sala. El televisor estaba apagado.

Hoy es sábado en la noche, pensó. Estas noches ella sale de juerga con sus amistades. Mañana volverá.

Las noches de sábado son para charlar en el balcón de la casa de Huestín, su amigo de toda la vida. Cuando se casaron, se habían mudado a casas cercanas en la urbanización Roosevelt en Hato Rey. Juntos han atravesado los momentos familiares, las tragedias, la etapa de la viudez, la soledad, y la espera a que se acabe el tiempo.

Sonó el teléfono, lo que llaman "la línea terrestre" o "el teléfono de la casa". Vicente se percató en este momento que extrañaba ese sonido.

El teléfono estaba enganchado en la pared del pasillo, donde llevaba sobre cuarenta años.

Vicente supo encontrarlo en la oscuridad. La edad suele deteriorar la memoria, pero el recuerdo de los espacios en la casa no se olvida.

Levantó el auricular pensando que sería Huestín preguntando si estaba bien, preguntar por qué no había pasado esta noche.

No era Huestín.

—¡Nos tenemos que reunir! —le ordenó la voz en el otro lado de la línea, la cual no necesitaba identificarse, gracias a su hábito de cinco cajetillas de cigarrillos diarias durante sesenta años.

—¿Qué ocurre?

—¿Acaso no estás viendo la televisión? ¡Te llamo en unos minutos! ¡Sigo consiguiendo a los demás muchachos!

Y colgó, sin la cortesía de la despedida.

Vicente fue hasta la sala y prendió el televisor.

Un grupo de revoltosos protestaba en el Viejo San Juan, en la esquina anterior a La Fortaleza.

¿Todo esto por un "puta"?

Tocaron a la puerta.

Pensó, con desperdiciado optimismo, que Sasha había regresado.

Cuando Vicente caminó hacia la puerta, dejó de mirar la pantalla del televisor. Justo en ese instante, se habría dado cuenta que Sasha no podía estar en la puerta, porque estaba gritando en el Viejo San

Juan.

Se decepcionó. Era Huestín.

El viejo amigo viejo no puso atención al desencanto. Disparó la pregunta con urgencia.

–¿Te llamó Muelas?

Muelas. El nombre en código. Solo podía significar una cosa.

Los Plomeros volvían a reunirse después de 40 años inactivos.

Sonó el teléfono.

Era Muelas otra vez.

–¿Lo viste?

–Sí, unos vagos alborotosos.

–Tenemos trabajo que hacer.

Vicente reconoció la urgencia en la voz como un recuerdo fresco, a pesar de que, después de que el grupo rompió, Vicente solo había coincidido con Muelas en un par de ocasiones. Cuando decidieron disolver a Los Plomeros, acordaron distanciarse, aunque se le permitió –más bien se le pidió– a Vicente y Huestín que siguieran en contacto, ya que lo contrario habría sido sospechoso.

Otro acuerdo –jurado por la familia, por Puerto Rico, y por la santa bandera de los Estados Unidos– era volverse a reunir cuando la patria y la libertad lo reclamaran.

Vicente había presenciado con mucha indignación las manifestaciones durante las pasadas décadas: la oposición de vagos contra la venta de la telefónica; el trágico acto antiamericano de pedir la salida de la Marina de los Fabulosos Estados Unidos de América; el terrorismo comunista contra las zonas bancarias en protesta por la merecida Junta de Control Fiscal. Pero nada de eso había justificado el pretexto de reactivar una organización que daba como olvidada.

Vicente no tuvo que preguntar por qué era distinto en esta ocasión.

—Están pidiendo la renuncia del gobernador —condenó Vicente— Nuestro líder, que fue escogido por el pueblo en las urnas.

—Esto es un golpe de estado. Como ocurrió en Cuba. Querían sacar a Batista por corrupto, y todo el pueblo lo celebró. Ya sabemos lo que vino después.

Vicente respondió con voz tétrica, como quien menciona al demonio.

—Comunismo.

—Exacto, y todo lo que eso conlleva: comer bebés en la calle, quemar la sagrada ostia y apagarla con orina, escupirle a los ancianos del viejo orden en su lecho de muerte.

Vicente se persignó. Huestín hizo lo mismo.

Interrumpamos la conversación telefónica durante unas líneas, para discutir un momento sobre la importancia del miedo.

***

El miedo es el lenguaje mejor entendido por el humano. No hay que explicarle a un niño qué es el miedo. Basta con amenazarlo con la chancleta, advertirle sobre el poder vengador del Cuco, o anunciarle que "se lo voy a decir a la policía", para que el menor modifique la conducta. Algunos de estos miedos se pierden según crecemos, aunque el último que listamos, aún conserva su efecto.

Los miedos cambiarán con la edad, pero su capacidad para modificar conductas, nunca se pierde.

Por esta razón, es que Nicolás Maquiavelo no pierde vigencia después de cinco siglos, y su obra sigue siendo estudiada por los políticos y líderes de todo tipo. Según el filósofo florentino, por encima del poder del amor, se encuentra el dominio del miedo. Por eso en las iglesias, por más que te insisten que Dios es amor, no dejan de recordarte que castiga, que envía catástrofes, que te puede condenar a sufrir por la eternidad en las llamas del infierno. Dios tiene la chancleta más grande del universo.

Lo mismo ocurre con los políticos. En Puerto Rico, cualquier reacción de protesta se acompaña de miedo: Los Estados Unidos se va a enojar y quitar las ayudas; los manifestantes quieren traer el comunismo y que esto sea como Cuba y Venezuela; vamos a lucir mal frente el mundo y los turistas no vendrán. Y así.

El poder de coerción del miedo se pierde mientras aprendemos a distinguir los miedos reales –como al fuego, los cocodrilos y, por si acaso, el Cuco– que nos protegen del peligro, y aquellos miedos que existen para aprovechar nuestra debilidad irracional ante el pánico.

La interrupción se suponía corta, así que regresemos a la conversación telefónica en que nos quedamos.

***

–¿Cuándo nos reunimos? –preguntó Vicente.

–Este lunes. Coxis ofreció su casa.

Coxis era el nombre clave de Huestín.

–¿Ya no usaremos la casa de Rodilla?

–Rodilla perdió su hogar después del huracán María, y murió dos meses después.

–La casa de Coxis es pequeña –indicó Vicente sin temor de ofender a su amigo, pues ambos tenían viviendas similares.

–No podemos usar la mía –contestó defensivo Muelas– Hace unos años que vivo en casa de mi hija y su esposo, lo que tengo es un cuarto junto la cocina.

Entonces Muelas procedió a listar la indisponibilidad del resto del grupo. Apéndice fue removido de su hogar y murió en la calle. Riñones sufrió un paro renal. Corazón tuvo un ataque al corazón. Cráneo sufre demencia. Cuello sufrió un accidente industrial en el cual perdió los testículos, así que en su miseria, decidió degollarse. Oreja se encuentra vegetal desde hace diez años, por culpa de haber escuchado mal las dosis de medicamentos que debía tomar. Pulmón, recordado como el alma rebelde del grupo, sufre cáncer de la próstata.

–Así que no somos muchos –explicó Muelas– Coxis, Tetilla, Cadera, y nosotros dos.

Después de discutir un par de detalles adicionales, Vicente colgó el teléfono, y miró pensativo a Huestín.

–Estamos de vuelta, como en los viejos tiempos, amigo Vicente.

–No me llames Vicente. Llámame Galillo.

Domingo

14 de julio de 2019

S asha regresó esa noche a dormir. Los enojos con su abuelo siempre tenían breve expiración. La rabia no se le había pasado. Por tradición, unas horas después de cualquier discusión, ambos se comportaban como si nada hubiera ocurrido. Esta pelea había sido diferente. Concluyó que debía existir error en su enojo, que quizás la furia no era contra abuelo Vicente, sino contra Amador.

Amador era su novio de casi cuarenta años de edad. Novio no era la palabra. Aunque cada relación es única, todos insisten en encasillarla de alguna manera. No eran amigos porque tenían sexo, no eran fuckbuddies porque no consideraba la relación abierta, no eran jevitos porque eso es una pendejada para escuela intermedia, y para nada era su sugar daddy como le mortificaban sus amigas, pues Amador aún contaba como adulto joven y no había transacciones de regalos caros, no porque quedara fuera del alcance de Amador, sino porque ella lo rechazaba. La única vez que ella se aventuró con la pregunta destruye-relaciones conocida como "¿Qué somos?", Amador recurrió a un trabalenguas de oraciones incompletas y palabras tan inconexas, que ella decidió no enfrentar más esa decepción.

Después de participar en las manifestaciones, Sasha se sentía excitada, llena de energía y bravura, preparada para descargarla en una sesión de amor. Entonces le anunciaría a Amador que se quedaría con él. Cuando llamó para pasar a verle, su novio –o su amigo o su fuckbuddy o su jevito o sugar daddy, lo que sea– le dijo que no era buena idea, que recién llegó de visitar a su nene, que todavía no se ha divorciado, que ya le ha dicho que sus encuentros deben ser cortos, que eso le complica el proceso.

Sasha era joven y aún inexperta, pero no estúpida. Ella entendió que su idea de vivir con Amador era una idiotez que iba a ser rechazada. El entusiasmo de la posibilidad ínfima de que aceptara, había pisoteado su juicio. Pensó pernoctar con alguna de sus amistades, pero supuso que una reconciliación con su abuelo podía resultar balsámico después del rechazo.

Para Vicente, fue una felicidad colosal encontrarla en su cuarto.

Tuvo que despertarla de su sueño dominical.

–¡Sasha! ¡Levántate!

–¿Qué pasa, Abu?

–¡Rosselló está en internet! ¡Consíguelo!

Huestín, que era algo diestro en los cambios de tecnología, había llamado a Vicente para que viera al gobernador en una transmisión en vivo.

El tiempo para agarrar el momento en directo ya había pasado. Sasha encontró la grabación de lo ocurrido, y se le revolcó el estómago mientras se lo presentaba a su abuelo, quien contrario a ella, tenía los ojos inundados con lágrimas de emoción.

*****

Pedro le reprochó la llamada a Ricky.

El gobernador había llamado a su padre en la noche del sábado para pedirle orientación en la crisis.

—¿Cuál crisis?

Ricky comenzó a explicarle los detalles.

—¡Eso ya lo sé! —interrumpió Pedro— Eso no es ninguna crisis. Te he dicho que no me molestes, a menos que sea necesario. Para eso está la perra.

Las instrucciones estaban claras. Todo era parte del plan. Éste era el controvertible plan al cual Ricky siempre hacía referencia en sus discursos pero que nunca aclaraba cuando le presionaban por detalles.

Cuando Pedro Rosselló terminó sus dos mandatos como gobernador, su sed de poder no se había apaciguado. Había logrado muchas de sus metas, entre ellas la destrucción de las llamadas 936, que se refería a una exención contributiva que recibían las grandes manufactureras, lo cual mantenía en la isla a muchas compañías multinacionales que pagaban miles de salarios bien renumerados. Esa exención podía aplicar a Puerto Rico por ser territorio y, el peligro de que desapareciera, era un argumento contra la estadidad. Así que Pedro ayudó a que se eliminase, pero no de inmediato, sino en unos años futuros, por lo que no se vería el efecto bajo su administración.

Este asunto de impacto en el largo plazo lo aplicó a la economía. Pedro Rosselló aumentó la deuda del país al doble, lo cual le permitió ofrecer muchos proyectos que crearon la percepción de abundancia dentro de su mandato, como un paisano que vive cargando todo a las tarjetas de crédito y los demás creen que gana mucho dinero. No había fuente de repago para esta exuberancia. Los boricuas tendrían que apoyar la estadidad.

A pesar de estos "logros", Pedro Rosselló no estaba satisfecho. Después de un cuatrienio para rearmar sus fichas y estrategias, Pedro Rosselló intentó regresar al poder. Perdió, en una carrera muy cerrada, por culpa del lastre de que su gobierno era descrito como el más corrupto en la historia del país.

Pedro ideó otras maneras de trastocar el poder. El partido ejerció presiones internas para que renunciara uno de los senadores electos, reemplazarlo con Pedro Rosselló, y entonces asumir la presidencia del Senado. Los discursos de la defensa de la democracia solo aplican a conveniencia.

Este plan tampoco funcionó. Pedro no pudo llegar a la presidencia debido a un limitado –pero efectivo– grupo de resistencia denominado como "Los Auténticos".

Todo esto es material para muchas novelas.

Pedro Rosselló no estaba interesado en novelas.

Solo en su plan.

Su hijo Ricky tenía aspiraciones políticas.

Ésta sería su ruta de regreso.

Esto iba a ser demasiado obvio, aún para los seguidores del partido.

"Recuerda esto siempre" le decía Pedro a su hijo Ricky "Cogemos de pendejos hasta los nuestros".

Pero en esto, hasta los pendejos se darían cuenta, así que establecieron una premisa dramática: Pedro Rosselló declaraba que se oponía a que Ricky entrara en la política, pero que era la insistencia y pasión de su hijo.

Ya con eso, los pendejos estarían satisfechos.

Lo próximo sería asegurar que nunca estaban en contacto.

Aquí entra Reina, la perra husky siberiana de Ricky Rosselló.

Antes de su vida política, Pedro Rosselló era un cirujano destacado. Nunca se alejó de la medicina. En privado, Pedro experimentaba, buscando comprender el cerebro de los votantes. Los quería volver mansos y dóciles, así que escogió comprender el cerebro de los perros. Su genio fue tal, que operó el cerebro de Reina para que le hablara en privado a Ricky, y le compartiese consejos en momentos de necesidad.

Por eso fue que Pedro le había contestado lo siguiente a su pedido de ayuda:

—¡Eso ya lo sé! Eso no es ninguna crisis. Te he dicho que no me molestes, a menos que sea necesario. Para eso está la perra.

Ricky apretó el cetro que había fabricado con un palo de escoba, papel de aluminio, tuercas y tornillos, y pintura dorada. Ricky no quería hablar con Reina. Aunque no podía articular sus ideas y sentimientos, lo que Ricky deseaba en ese momento era hablar con su papá. La búsqueda de consejo era un pretexto para escapar, por un instante, la soledad del aprieto.

–Dime tú –se limitó a insistir Ricky.

Pedro suspiró con exagerada resignación.

–¿Recuerdas lo que hice semanas antes de las elecciones del 2004?

Ricky lo recordaba bien. La carrera por su tercer término lucía cerrada, y aspirando un empuje final, aseguró el voto de los cristianos protestantes con una ceremonia pública de conversión.

Pedro era católico, y no quería perder esos votos.

Así que se declaró "católico-protestante".

En caso que el lector tenga dudas: Sí, los católico-protestantes rezan el rosario, y una vez que terminan, lo restrellan contra el piso.

–Gracias, papi. Mañana recurro a la religión.

Pedro colgó sin despedirse.

***

Vicente dio la controversia por terminada.

"Gracias por abrirme las puertas. Mis primeras palabras son de perdón" –declaró Ricky Rosselló ante la congregación de una iglesia– "Reconozco que he cometido errores... Me humillo ante ustedes y el Todopoderoso"

Ricky le pidió perdón a Dios, y Dios lo había perdonado.

No hay autoridad mayor que Dios.

Fin del asunto.

Claro, había algunos detallitos imperfectos, pero hay que ser flexible.

Más bien, era un detalle: Ricky Rosselló se supone que sea católico. La iglesia a la que asistió –a casi media hora de distancia– es protestante. ¿Por qué hacer eso, si tiene la hermosa Catedral Metropolitana y Basílica de San Juan Bautista a solo dos cuadras de su palacio?

–Abu, porque en una iglesia católica no le iban a permitir pararse a coger un micrófono a politiquear –le explicó Sasha, conteniendo la rabia ante lo que consideraba como un acto de hipocresía del gobernador para manipular a la susceptible comunidad de creyentes.

Ya Vicente se había expresado como católico. Ahora le tocaba actuar como estadista militante del partido PNP.

–Pues debieron dejarle hablar en la Catedral. Sin dudas que eso son cosas del arzobispo.

En este particular, Vicente se consideraba "católico-protestante" como Pedro Rosselló. Esto significaba que respetaba y seguía todos los dogmas y rituales católicos, pero que criticaba –con la pasión de un protestante– al arzobispo, quien era considerado un monigote defensor del Partido Popular.

–Lo que estaba buscando era un lugar donde le permitieran grabar y transmitir en las redes.

–Qué redes y redes. Las únicas redes son sus enredos. A mí no me importa si pide perdón arrodillado al lado de su cama o en una cuneta en la luna. Cualquier hombre, que sabe su lugar ante Dios y se humilla de esa manera, merece nuestro apoyo y respeto.

Esto era territorio peligroso que Sasha siempre esquivaba. Para ella, la relación con Dios es algo personal que no requiere intermediarios ni organizaciones con reglas caprichosas. Para Vicente, con Dios uno no se mete. Los chistes de religión están prohibidos, no se usa el nombre de Dios para maldecir, el Señor se ocupará en administrar la justicia en su momento. En resumen: No jodas con Dios.

Sasha no peleó con su abuelo. No quiso irse de inmediato para disimular su rabia. Después del almuerzo, fue a reunirse con unos amigos. Se habían estado comunicando a través de las plataformas sociales. Irían a protestar a Fortaleza.

***

El lector conoce sobre el impacto del huracán María en Puerto Rico. Si acaso usted no es boricua, o está leyendo esto en trescientos años, debe entender el doloroso trauma emocional de los habitantes de la isla.

Podemos entenderlo siguiendo la historia de Rodilla.

En septiembre de 2017, un fuerte huracán llamado Irma azotó la isla de Puerto Rico, destruyendo propiedades y arruinando parte del sistema eléctrico. Este evento catastrófico apenas es mencionado porque, poco menos de dos semanas más tarde, llegó el huracán María a apoderarse de todos los recuerdos.

María era un huracán de la más alta categoría. Como si su intención fuera infligir el mayor daño posible, su ruta consideró atravesar la isla por el medio, de manera diagonal, asegurando que nadie quedara sin sentir su presencia.

Rodilla vivía en una casita pequeña, construida dentro del terreno de una propiedad de Santurce. Por un acuerdo con unos familiares lejanos de su esposa, pagó por el uso del patio detrás de la casa principal y allí arrimó su pequeño espacio para el resto de su vida con ella. Pero su esposa falleció tres años antes del huracán, y la única compañía de Rodilla, desde entonces, era la urna con las cenizas de su amada Gloria, mas media docena de gatos que alimentaba a pesar de las quejas de los vecinos.

La familia de su esposa —Rodilla siempre se refería a ella como si siguiera viva— se había retirado años antes y se mudaron a Estados Unidos para estar cerca de sus descendientes. Le ofrecieron mudarse a la casa mayor. Se opuso; le bastaba con lo poco que le quedaba de vida. La vivienda quedó vacía para cuando regresaran a visitar la isla, lo cual no había ocurrido desde que se marcharon.

Rodilla se preparó para el huracán como pudo, o al menos como sabía, según su experiencia. Aseguró baterías para uno de sus mayores tesoros: el radio AM por el cual escuchaba las carreras de caballos. Consiguió provisiones enlatadas. No creía en el agua embotellada, así que llenó las jarras que tenía y algunos litros de leche ya vacíos. No consiguió las baterías D que requerían su linterna, pero siempre tenía velas y fósforo, pues su costumbre era dejar una vela encendida frente el retrato de su esposa durante la noche. Sabía que era peligroso, pero prefería morir quemado en el sueño que permitir que Gloria estuviera en oscuridad, condición que siempre la ponía nerviosa. Compró un saco adicional de comida seca para los gatos.

El humano se ha desconectado mucho de la naturaleza. Los animales conservan ese lazo intocado, y reconocían la inmensidad del peligro que se avecinaba. Rodilla no mantenía los gatos dentro de la casa, pero ante el aviso de la llegada inminente de María, los quiso guarecer. Los gatos no aparecieron cuando los llamó. Se habían refugiado en otros lugares. Hasta los gatos sabían que la casa de Rodilla no podía protegerlos.

Tenían razón.

El huracán María se burló de la casa de Rodilla. El techo que lo cobijó durante miles de noche de amor, se levantó por una esquina, como si un gigante de mano invisible se asomara para curiosear su interior. El viento y el agua se revolcaron dentro de la casa. Rodilla era un hombre fuerte, y logró acorralarse dentro de un closet donde había acumulado sus reservas y la foto de su esposa. Mantuvo la linterna encendida para que la oscuridad no la espantara. Las baterías que compró eran de poca duración, y no le rindieron para toda la noche, así que mientras sentía la puerta del closet vibrar con la violencia de un demonio que quiere atravesarla, Rodilla le hablaba a la foto de su esposa para calmarle.

Sintió que se le mojaban pantalones, y temió pecar de viejo sin continencia. Era algo peor. El agua se colaba por debajo de la puerta, arruinando los artículos al nivel del piso.

El huracán parecía que nunca se marcharía. En algunos momentos, el ruido de su azote mermaba, y cuando Rodilla se disponía a enfrentar el exterior, regresaba con un nuevo rugido escalofriante, como si fuera un animal salvaje rondando su víctima. Llegó el momento en que percibió claridad, la calma se había extendido, las paredes no gritaban más. Rodilla decidió enfrentar los estragos.

El agua lo había arruinado todo. La cama en que charlaba con Gloria hasta que el sueño se los llevara, lucía como una esponja maltrecha. Sus pocas pertenencias estaban desparramadas por el piso.

Cuando miró el interior del closet en la claridad, el corazón se le retorció.

La urna de su esposa estaba en el piso. Rodilla temía que cayera de una tablilla, así que la había pegado a un rincón. Pero las paredes que le rodeaban, en lugar de protegerla, le habían virado con su vibración excesiva. En el piso había un charco gris de restos de su esposa con restos del huracán María.

Rodilla, con dolor en el cuerpo y en el alma, guardó las cenizas empapadas dentro de la urna, usando su huesuda mano como inefectiva espátula, y la triste aceptación de que no podría rescatar todo de ella.

En una tablilla del closet había unas toallas viejas en buen estado para estas circunstancias. Las usó como ropa de cama. Entonces se acostó, deseoso de permitir que su agotado y adolorido cuerpo recuperara.

Probó su radio AM.

No consiguió ninguna estación.

Tiró el radio a un lado, y se quedó acostado un rato, mirando el roto en el techo. En algún momento el cuerpo lo forzó a dormir, y soñó con Gloria. Fue el último momento feliz de su vida. Las próximas semanas serían de deterioro físico y mental.

Cuando se despertó, decidió buscar los gatos. Nada. Revisó la casa de sus familiares. El techo de madera había resistido aún menos que el suyo, y las puertas corroídas por el comején habían volado. La vivienda parecía haber cumplido mil años en una noche.

En la calle, los vecinos estudiaban los daños de postes de electricidad caídos, líneas de teléfono en el medio de la calle, árboles derrumbados con tristeza. Estos árboles eran mucho más viejos que Rodilla, habían resistido intemperie y climas caprichosos durante años, y ahora lucían derrotados, como humillados por no haber resistido esta batalla.

Hablando con vecinos logró armar lo que ocurría. No hay electricidad en Puerto Rico. El servicio de agua estaba inservible. Las torres de comunicación celular se han perdido, y no existía contacto con los amados que estuvieran distantes. La gasolina está racionada. No sabemos cuándo abran los mercados y las farmacias.

Rodilla se molestó cuando alguna gente comenzó a insistir que, según habían escuchado, la electricidad podría tardar hasta seis meses en regresar para la mayoría de la isla. Qué comentario tan absurdo, pensó Rodilla. Estaba convencido de que Estados Unidos resolvería esto en una semana. Rodilla administró sus medicamentos, aseguró un escondite para su dinero, organizó su inventario de víveres.

Transcurrió la semana y los americanos –como llaman popularmente a los estadounidenses– no habían resuelto sus problemas. El único lugar para completar sus compras era una farmacia a pocas cuadras. Tenía que hacer fila durante dos horas en lo que le permitían entrar. Eran pocos los negocios que operaban y muchos los ciudadanos deseosos de suministros. Las tiendas se veían obligadas a controlar la entrada de clientes, y atendían por poco tiempo, ya que funcionaban por plantas eléctricas y la disponibilidad de combustible era limitada.

Los medicamentos para la presión, para el vértigo, para el dolor, para los riñones, para la artritis, y para sus otras condiciones se agotaron. El agua también se le terminó.

Algunos vecinos le regalaron botellas de agua, y en un momento disfrutó un poco de hielo que alguien consiguió. Había olvidado el placer del agua fría.

Todo siguió dificultándose. La única comida disponible era enlatada, llena de sal mortal para un hipertenso sin medicamentos. Una mañana descubrió que ya no podía abrir la lata de salchichas. El dolor en sus coyunturas sin medicar, combinado con un desgaste apurado en la visión, no le permitía agarrar el tirador para abrir la lata.

Dormir sin techo apropiado degeneró en tos.

Peor eran las noches.

La oscuridad era total, y se sentía desprotegido, por más que aseguraba su hogar. Los fósforos no resistieron la humedad, así que no encendía velas. Un vecino distante prendía una planta eléctrica durante unas horas de la noche, y un ápice de la luz se colaba por su ventana. Con esa pizca de claridad, Rodilla se acostaba en la cama junto a la foto de Gloria, y rezaba rogando dormirse antes de la oscuridad total.

La memoria comenzó a fallarle. El cerebro funciona por los nutrientes y oxígeno que la sangre le despacha. En el caso de un anciano, en que el funcionamiento de cada órgano se encuentra vulnerable, la mala alimentación y la respiración errática estrangulan el cerebro, arruinando su buen funcionamiento.

El primer síntoma que se le presentó fue la pérdida acelerada de la memoria. Como olvidaba donde dejaba las cosas, se convenció de que le estaban robando. Así que un día escondió el dinero que le quedaba en un espacio detrás de una gaveta de su mesa de noche. Jamás recordó haberlo puesto allí, ni siquiera recordaba su intención de esconderlo. Buscó, sin éxito, el poco dinero que le restaba para comprar. Lloró indignado, maldiciendo al supuesto ladrón que se lo había llevado.

El siguiente deterioro fue en la cordura. Sus ideas eran descabelladas, y aunque en ocasiones estaba consciente de su absurdo, no evitaba considerarlas reales. Llegó a convencerse que la familia de su esposa venía por la noche y le movía las cosas de sitio. Una mañana se quedó estudiando la bolsa de comida seca para gatos en una tablilla del closet, y concluyó que algún viejo enemigo le había dejado eso allí como burla. En otro momento, un vecino se ofreció a llevarlo a un hospital para verificar la tos, pero Rodilla explicó convencido –porque en su mente lo creía así– que ya había visitado a su médico y que estaba tomando sus medicamentos.

Aunque los miembros de la comunidad se cuidaban entre ellos, y Rodilla recibió ayuda y donaciones en algunos momentos, cada individuo tenía sus propios retos que atender. Mientras más se mantenía Rodilla en aquel lugar escondido, más fácil era olvidado.

En sus últimos días, Rodilla se quedó sin comida y trató de comer del alimento para gatos. Era muy duro para su dentadura en ruinas. Descubrió que mojando la comida en un charco, podía entonces consumirla.

Esto le hizo perder el gusto por la comida.

Y la consciencia sobre la importancia y necesidad de comer.

Así que dejó de alimentarse.

Lo encontraron cuando ya llevaba unos tres días muerto. Los gatos regresaron esa tarde y comenzaron a maullar. Cuando los vecinos fueron a intervenir, lo encontraron encorvado en su cama. Contra su pecho, tenía apretado el retrato de Gloria.

El gobierno no consideró a Rodilla como víctima del huracán; solo contaban quienes murieron por causa directa, como por un deslizamiento de tierra o un poste caído. Así, el gobierno estimó que hubo 64 muertos por causa de María. Una comparación entre el índice de mortandad antes y después del huracán –asumiendo que la diferencia fue causada por el fenómeno, aún de manera indirecta– eleva el número estimado a 4,645. En este segundo grupo estaban personas como Rodilla.

El huracán no fue el único victimario.

La falta de energía eléctrica se debió a que los sistemas no recibían mantenimiento. Tan solo nueve años antes del huracán, se había emitido bonos por casi 4 billones de dólares para el servicio eléctrico. Los ejecutivos de la Autoridad de Energía Eléctrica –todos amigos del partido en el poder– disfrutaban jugosos bonos de "productividad", a la vez que desaparecía el dinero para piezas de repuesto y mejoras el sistema.

Otro agravante fue el llamado Cartel del Petróleo, del cual se han beneficiado los dos partidos que se turnan el poder en Puerto Rico. El petróleo comprado es de baja calidad –por lo que sus emisiones son perjudiciales a la salud– y se pagaba a sobreprecio.

En fin, el dinero para un buen sistema eléctrico, jamás se usó para un buen sistema eléctrico.

Rodilla pudo haber disfrutado una red más amplia de apoyo. Pero personas como los familiares de su esposa se fueron del país por causa de los hijos que tuvieron que emigrar. El nieto era autista, y la familia estaba agotada de luchar para que recibiera los servicios educativos adecuados. Eso, en un país en que el promedio de presupuesto por estudiante es mayor que en cualquier estado de la nación estadounidense. El dinero de Educación es otro pote para contratos, amiguismos y favores políticos.

El gabinete y alto personal del gobierno se movilizó a cumplir con su deber después del huracán, con dos limitantes. Primero, carecían de las experiencias y talentos necesarios, ya que estos puestos son cubiertos con familiares y amigos de campaña, y no con la gente más capacitada para labores de coordinación y logística. Segundo, el proceso de recuperación se atrasaba con la oportunidad de conceder contratos a allegados, pagando sobreprecio por un servicio inferior.

En resumen: La corrupción del gobierno también fue victimario de los 4,645 fallecidos.

Rodilla no pensó en nada de esto. Toda su vida la dedicó a asegurar que esta gente pudiera mantenerse en el poder. Pegaba pasquines, repartía panfletos, participaba en caravanas políticas, peleaba en barras, rompía amistades, hasta fue miembro de Los Plomeros, lo cual debiera convertirlo en mala persona, solo que estaba bajo la convicción de que era un héroe.

Si Rodilla no reflexionó sobre esto, la causa no fue su demencia final, sino el hábito de toda una vida a escoger la ignorancia por encima de retar sus convicciones. Quizás fue mejor que nunca lo supiera. La ignorancia protege la conciencia. Los muertos ya tienen su paz.

Los sobrevivientes, ya son otra cosa.

Los boricuas no eran los mismos. Habían resistido vivir en calor, caminar largas distancias, hacer fila, conseguir suministros, pasar hambre. Lucharon juntos sin pelearse por los recursos, vecinos con vecinos, removiendo escombros y recuperando el país. Descubrieron su fortaleza, valor, resistencia y capacidad de unidad.

Estos eran los boricuas que se enteraron que el gobernador Ricky Rosselló bromeaba acerca de los afectados por el huracán. Estos fueron los puertorriqueños con los que el gobierno ahora tenía que bregar: con los que dijeron "hasta aquí".

***

Sasha pensó por un momento, muy desilusionada, que esto era un caso de quejadera en las redes, de pocos manifestantes, de un par de días de clamores, y entonces todo al olvido.

La razón para su preocupación fue su visita al Viejo San Juan.

Sasha llegó con Yamil, Idalis y Lurmar –más adelante se los presentaremos– después de haber visto, en televisión, escenas en que un grupo de manifestantes removieron unas vallas divisoras establecidas por la policía en la calle que lleva hasta La Fortaleza. Este punto –que coincide con la Calle Del Cristo– se convirtió en el centro de combate. Aquí los policías formaban una barrera humana protectora. Desde esa esquina, hasta la Fortaleza, la calle estaba cubierta por un montaje de paraguas a colores, una iniciativa estética de la Primera Dama que ganó pronta popularidad entre los turistas y entre los boricuas, incluyendo los que solían criticar a la esposa del mandatario.

El grupo llegó cerca de las seis de la tarde. La escena era mucho más débil que la esperada. Durante la tarde, la televisión mostró a un nutrido cuerpo de manifestantes reclamando "Ricky renuncia, el pueblo te repudia" y condenando "Para ti no hay clemencia, aunque vayas a la iglesia". Ese ánimo ya se había retirado. Ahora los presentes protestaban por el arresto de Tito Kayak.

Según fuentes no corroboradas, Tito Kayak recibe su nombre

52

por su capacidad de escalar cualquier estructura, sea un poste, una grúa o un edificio. Nada de esto parece relacionado a este tipo de canoa, así que podría decirse que el kayak no tiene nada que ver. Por eso el nombre, porque para mucha gente, Tito Kayak no tiene nada que ver con lo que esté pasando, pero siempre está allí. Lo mismo puede trepar para luchar el cierre de una playa, como para protestar la corrupción, que fue lo que hizo esta tarde. Subió a la azotea de un edificio en el Viejo San Juan, y fue arrestado. Nada de eso altera a Tito Kayak, pues la paciencia fue otro de los talentos que adquirió cuando fue mordido por una araña radiactiva en la adolescencia.

Sasha temía darle la razón a los políticos que menospreciaban las protestas, que las sacudían con un "son los pelús de siempre". El grupo, en su mayoría, cumplía con el prejuicio. Alguien expresó a viva voz que es una vergüenza que en este país arresten a Tito Kayak por estar protestando contra la corrupción, pero que no arrestan a los corruptos.

Aplausos y bulla. Sonaría como un mero pronunciamiento para agitar y animar, pero en reflexión, era la pura verdad.

Yamil, que solía hacer chistes de Tito Kayak desde niño, reconoció sentirse abochornado, porque toda la vida había estado ridiculizando a alguien que está luchando.

Fuera de ese incidente, Sasha considero que no pasaba nada significativo, que esto moriría pronto.

***

Sasha estaba equivocada. Una olla de presión no se calienta de golpe.

El acto religioso de Ricky Rosselló empeoró la situación. Sus palabras con intención de proyectar humildad no funcionaron. Cuando se te está condenando por ser dos caras, un acto como ése no se ve como constricción, sino como una acción descarada donde se continúa con lo mismo. Se percibía como otro intento de "Cogemos de pendejos hasta a los nuestros".

Ya no.

La furia continúo regándose por las redes –un fenómeno social con el que no contaban generaciones previas– y los boricuas, el domingo por la noche, ya estaban alineados en su objetivo.

Ricky tenía que renunciar.

O como expresaban en esos medios: #RickyRenuncia.

El lunes todo comenzaba a estallar: Esto era un huracán al cual los boricuas no le tenían miedo.

Lunes

15 de julio de 2019

ALEXIS SEBASTIÁN MÉNDEZ

Ricky se hundió angustiado en su trono. No podía entender la manera en que la crisis continuaba creciendo. Parecían células madres con los nutrientes y pH adecuado, o al menos algo así, según había escuchado alguna vez.

La debacle del acto religioso lo tenía angustiado y confundido. ¿Cómo fallar en algo tan infalible? En la noche del domingo coordinó su siguiente movida: Le hablaría al pueblo. La prensa se quejaba de que el gobernador no permitía entrevistas directas. Decidió usar un programa de radio de análisis político –llamado Nación Z– en la mañana del lunes.

Su participación fue un secreto hasta el último instante, para evitar la llegada de las "turbas" a la estación. Ricky salió jurando que había matado: Se disculpó con las mujeres, pidió perdón a los periodistas, mencionó a "el Todopoderoso", dijo que amaba a Puerto Rico, recordó que fue escogido para un mandato, y uso sus términos favoritos: "el plan", "ése es mi norte" y "servirle al pueblo". Reconoció que el contenido del chat era lamentable, pero de paso indicaba que no había nada ilegal. Ricky estaba seguro que podría recuperar la confianza que había perdido, y contaba con que el pueblo le diera una oportunidad.

Las reacciones no fueron las que esperaba.

Imagine lo siguiente: Su pareja descubre que usted, a espaldas de él o ella, se burla de la facilidad suya para engañarle, que tan pronto hay un problema o alguna sospecha elevada, usted recurre a pedir perdón y hablarle con dulzura. ¿Cómo puede resolver esa situación? Si pide perdón o intenta palabras lindas, estaría validando el mismo problema que intenta disolver.

Así era la situación de Ricky.

En el chat, Ricky y su claque repartían instrucciones sobre cómo manejar los medios y la opinión pública. Así que la entrevista radial pareció otro montaje de su teatro. Mientras más Ricky usaba sus herramientas para control de desastre, mayor indignación sentía el pueblo. La ausencia de panelistas de oposición en el programa fue interpretada como evidencia de su influencia sobre los medios. Un representante de la Cámara había señalado públicamente que el productor del programa radial era un monigote del partido en poder, y muchos, tomándolo como cierto, encontraron su validación. El programa fue cancelado y el productor renunció.

Lo que hacía que Ricky se sintiera vulnerable no era esta pérdida de control sobre la opinión pública, la desconfianza del pueblo, o los ataques en las redes, sino la traición mayor: Su partido lo estaba abandonando.

Como presidente del PNP, Ricky Rosselló esperaba que todos los integrantes de su partido lo apoyaran. Todo lo contrario: Muchos se unieron al reclamo de que renunciara, y algunos más cuidadosos, todavía observando si el fuego cedía, se limitaban a pedir que "demos tiempo al gobernador para reflexionar".

Pedro Rosselló no tuvo más remedio que viajar desde Virginia para reclamar lealtad a quienes le debían favores en el partido. También aprovecharía para reprogramar a Reina con nuevos consejos, pues parecía estar fallando.

Ricky no estaba tomando solamente los consejos de la perra. También estaba siendo orientado por el fantasma de Carlos Romero Barceló.

El lector alerta debe pensar que esto es un error, que Romero Barceló se encuentra vivo. Quizás usted está leyendo esto en trescientos años, y aún Romero Barceló no ha muerto. Lo que muy pocos saben es que falleció más de una década antes de los hechos.

Antes, un repaso.

Carlos Romero Barceló fue creado por accidente. Los estadounidenses usaban a los boricuas como conejillos de indias durante la primera mitad del siglo XX. En un establo remoto, un científico desarrollaba una fábrica de cojones, cuando por un mal cálculo el laboratorio explotó. El ejército logró rescatar una de las yeguas sobrevivientes, la cual poco después dio a luz una inesperada criatura. Una pareja de políticos aceptó adoptar el resultado de este cataclismo científico.

Romero Barceló –quien es reconocido por el apodo tanto burlón como afectuoso de "El Caballo"– es un político poderoso. Fue gobernador de Puerto Rico desde finales de los 70 hasta mediado de los 80. Siempre fue reconocido como un contrincante testarudo y agresivo, capaz de desconectarle el micrófono a cualquier compañero de partido que se atreviera retarlo a primarias. Quizás la mayor prueba de su tenaz combinación de equino y cojones fue doblegar a alguien tan fuerte como Pedro Rosselló. Cuando el padre de Ricky decidió correr para gobernador en 1992, seleccionó para acompañarle en el puesto de Comisionado Residente a Cucusa Hernández, una representante de la Cámara que era admirada por usar el nombre "Cucusa" sin ningún bochorno. Romero Barceló reclamó interés en ser el candidato para comisionado residente. Tras una discusión en privado con Pedro Rosselló, ambos se bajaron los pantalones y pulsearon usando los escrotos. Ya derrotado y humillado, Pedro Rosselló anunció que había cambiado de parecer y que su comisionado residente sería Romero Barceló.

El empuje de Romero estaba claro y nunca escatimaba en declararlo públicamente: Aspiraba a ser el primer gobernador del estado de Puerto Rico. Esta determinación nos ayuda a explicar el misterio del fantasma.

Romero Barceló murió poco más de diez años antes de los sucesos centrales de esta historia, cuando se reunió a charlar y beber con amigos en un restaurante. En lo que puede considerarse como una gran acto de ironía, un exiliado cubano –de la vieja guardia ultraderecha siempre leal a "El Caballo"– le metió un puño en un ojo al ex gobernador, cuando éste habló mal del Presidente Bush, lo cual demuestra que Romero puede ser objetivo al juzgar a los Estados Unidos, o que quizás ya había bebido demasiado.

El puño le desprendió la retina y le fracturó la nariz. Lo que nadie sabe, es que también le sacó el cerebro de sitio, desconectándolo de la médula espinal. Esto le causó la muerte en el acto y liberó la poca alma que tenía. Pero Romero Barceló era cojonú aún después de la muerte, y su cuerpo sigue andando en espera de la estadidad, mientras que su fantasma se ha refugiado debajo de La Fortaleza, el hogar donde disfrutó sus mejores años de vida, como poder máximo del país.

En esos años en el poder, Romero Barceló había permitido la persecución de independentistas, socialistas, unionados, comunistas, y pacifistas, pues todos estos grupos no recibían distinción, como si fueran sinónimos. Para mantener este acoso, existían fuerzas secretas dentro del cuerpo de la policía, y muchos grupos clandestinos de civiles dispuestos a luchar la amenaza comunista. Uno de esos grupos era conocido como Los Plomeros, quienes después de casi cuarenta años de inactividad, vuelven a reunirse en esta mañana de lunes.

Antes no había que recurrir a secreteos, ya que durante mucho tiempo, la persecución contra el derecho de expresión divergente estaba avalada por la ley. El responsable de esta aberración fue Luis Muñoz Marín, primer gobernador electo por el pueblo de Puerto Rico.

***

Fue un 25 de julio.

En el año 1946, el presidente Truman –a menos de un año de

haber ordenado las bombas atómicas que fulminaron las vidas de sobre cien mil civiles– nombró al primer puertorriqueño como gobernador de la isla: Jesús T. Piñero, mejor recordado por ser una avenida con muy pocos estacionamientos y demasiados boquetes.

El nombramiento de Piñero era decorativo; se estaba preparando el camino para que Luis Muñoz Marín, quien presidía el Senado, fuera, en algún momento, el primer gobernador elegido por el pueblo de Puerto Rico.

Luis Muñoz Marín, nacido el mismo año de la invasión de los americanos, era hijo de Luis Muñoz Rivera, quien había luchado por aquella autonomía de la isla que duró poco más de una semana. Muñoz Marín era un independentista rabioso, y criticaba la influencia de la cultura estadounidense en la isla.

En uno de esos hilos de telenovela, Muñoz Marín se unió al Partido Liberal, el cual era dirigido por el abuelo de Romero Barceló. Desencantado porque lo expulsaron de ese partido, fundó el Partido Popular Democrático. Cuando llegó a Presidente del Senado y ganó poder de negociación con los Estados Unidos, su discurso de independencia se fue desvaneciendo.

El esquema ya estaba delineado para crear un arreglo que librara a Estados Unidos de la presión descolonizadora que surgió una vez terminada la desgracia bochornosa de la Segunda Guerra Mundial. El mayor entorpecimiento, para estos planes políticos, era el movimiento nacionalista.

Durante décadas, se había desalentado el nacionalismo con actos de persecución y violencia que repasaremos más adelante en la novela. Desde la invasión, solo se permitía izar la bandera de Estados Unidos, aunque no existía –de manera oficial– una bandera de Puerto Rico. Bien podía tratarse de la bandera del Grito de Lares, o la actual monoestrellada, la cual, hasta aquel momento, era una creación de revolucionarios cubanos y boricuas en Nueva York en 1895. Crearon diseños de banderas similares para sus países, diferenciándolos solo con una inversión de colores, marcando así otro lazo histórico entre ambas islas de historia y temperamentos tan distintos. La bandera, por tanto, representaba la causa por la independencia y, como tal, se consideraba prohibida. Tanto es así, que cuando Puerto Rico participó por primera vez en las Olimpiadas en el año 1948, los atletas no pudieron cargar la monoestrellada, y desfilaron con una ilustración del escudo de la isla sobre un fondo blanco.

Para adelantar la nueva relación entre Puerto Rico y Estados Unidos, se necesitaba expandir el nivel de persecución al idealismo nacionalista, así que se creó la Ley 53 de 1948, mejor conocida como La Ley de la Mordaza. La misma tenía suficiente vaguedad para tratar como criminales a los independentistas. En palabras de la ley: Castigar actos tendientes a derrocar el gobierno insular.

Para conocer un poco sobre la aplicación de esta ley, hablemos de Deusdedit Marrero.

La existencia de la ley justificaba la presencia de la policía en mítines políticos, con taquigrafistas tomando nota de cada palabra de discurso, cada conversación al alcance, y observaciones generales de los presentes y el evento. En el caso de Dausdedit, varios policías atestiguaban haberlo visto aplaudir durante un mitin del partido comunista en 1947. Esto fue un año antes de aprobar la ley, pero poco importó en su juicio.

También fueron testigos dos compañeras de trabajo, quienes declararon que Deusdedit, cuando se enteró que varios nacionalistas se habían revuelto contra el gobierno, declaró: "Hoy es que me siento verdaderamente orgulloso de ser puertorriqueño". Imagine si eso hubiera sido considerado criminal durante el verano de Ricky.

La fiscalía tenía más evidencias contra este empleado de la oficina de Bienestar Público de Arecibo: Cantaba canciones independentistas, y había recogido firmas en contra de la bomba atómica.

En 1951, Deusdedit fue sentenciado a seis años de prisión, por crímenes que no eran crímenes: Tener una ideología distinta al gobierno, y haberlo expresado. Cuando se apeló el caso a su favor en 1956, ya el ex trabajador social había perdido sus facultades mentales.

El pisoteo contra los nacionalistas, no permitía que se escuchara su voz, y así fue dominando el discurso anexionista. Finalmente, en 1952, Luis Muñoz Marín completaría la misión del eufemismo colonial de Estado Libre Asociado. Se establecería una Constitución local y, casi como una burla irónica, la adopción de la bandera monoestrellada, símbolo revolucionario, como bandera oficial del país.

Fue un 25 de julio.

***

Hacemos una corta pausa para hablar de la relación entre el Estado Libre Asociado y los huevos de Pascuas.

Cuando la iglesia católica se convirtió en la fuerza dominante en Europa, una de sus metas fue deshacerse de todas esas tontas tradiciones paganas, en que se trata a la naturaleza como un ente que merece gratitud. Como resulta complicado quitarle las celebraciones a la gente, decidieron cambiar unas por otras.

Por ejemplo: Entre las principales celebraciones paganas, se encuentra la llegada de la primavera, momento en que se festeja la fecundidad de la naturaleza. Decidieron cambiar esto con la celebración por la muerte y resurrección de Jesús. Un problema es que la llegada de la primavera no tenía fecha fija, así como la Biblia nunca menciona cuándo ocurrió la crucifixión. Las celebraciones paganas comenzaban después de la primera luna llena que sigue al equinoccio de primavera, fecha que difiere cada año. Por eso es que la fecha de semana santa cambia cada año. La transición no fue perfecta: En toda remodelación quedan residuos y, en este caso, sobrevivieron los símbolos de fertilidad, tales como el huevo, y el conejo chingón.

Lo mismo con navidad. Tampoco se menciona en la Biblia la fecha de nacimiento de Jesús. Los paganos celebraban el solsticio de invierno todos los 25 de diciembre. Así que ahora, la fecha era propiedad de los cristianos.

Los Populares supieron aplicar el truco. Al adoptar la

monoestrellada como bandera oficial, le arrebataban su simbolismo de clamor a la independencia. Y con la nueva fecha de la Constitución, se opacaban las actividades de protesta por la invasión estadounidense.

Por eso, durante las décadas venideras, los Populares celebrarían la fecha del nacimiento del Estado Libre Asociado como si hubiese llegado la navidad.

***

Vicente no se consideraba supersticioso, ya que eso era de gente ignorante. Como típico ser humano, no llamaba "supersticiones" a sus rituales de suerte, sino que les daba el nombre más virtuoso de "costumbres y tradiciones".

Para comenzar bien su día, Vicente colaba su café en una tradicional media. Después mezclaba el café con leche en la misma cacerola que había usado por cincuenta años. Le echaba dos cucharadas de azúcar blanca, y entonces lo revolvía, en dirección de las manecillas del reloj, un total de treinta veces antes de probarlo.

El café con leche no cambiaría de sabor si varía algunas partes de este proceso, pero su actitud con la preparación del café era la misma que mantenía hacia la sociedad, los derechos, el orden político y hasta la tecnología: Si algo te sirve, ¿para qué arriesgarlo con cambios?

Su desayuno lo completaba dos tostadas con mantequilla. Por fortuna, no describiremos su preparación (pista: la mantequilla se saca de una barra, y debe ser desde los extremos, esa gente que gasta la barra de mantequilla desde arriba –pasando el cuchillo a lo largo– son unos salvajes que mantienen esta isla atrasada). Después dejaba un poco de café para la segunda ronda, la cual diariamente compartía con Huestín a media mañana. Hoy sería excepción, pues Huestín se excusó explicando que debía preparar su casa.

Después de estudiar el periódico y escuchar los comentaristas de radio en AM, Vicente –lleno de una energía que no experimentaba en mucho tiempo– caminó dos cuadras hasta la casa de Huestín.

Su amigo de la infancia –que en estas circunstancias se llamaría Coxis– estaba sentado en el balcón charlando con Cadera.

Vicente –Galillo, por el momento– no veía a Cadera desde los tiempos de actividad del grupo. Por poco no lo reconoce. Estaba sentado en una silla de ruedas, su pelo ya era todo blanco, pero el verde brillante de sus ojos lo conservaba inconfundible.

Cadera había llegado en taxi. Jamás se había casado y vivía con su hermano, quien era mayor aún, y encima estaba ciego. Esto le causaba una serie de dificultades inesperadas, ya que por la inutilidad –o casi inutilidad– de sus piernas, su hermano era quien guardaba la compra en los gabinetes de la cocina. Cadera tenía que darle instrucciones para que le alcanzase los potes correctos. Esto era complicado porque su hermano era terrible siguiendo sus instrucciones. La situación lo había acostumbrado a tomar el café con sal.

Coxis y Cadera hablaban tan animados, que Galillo se sentía excluido, y se entretuvo en la sala, mirando las decoraciones que ya tenía memorizada: Una foto junto a Huestín, en la que celebraban haber ganado una competencia de baile; la foto de boda; una figura de elefante color violeta, cuyo origen su amigo nunca explicaba.

Tetilla llegó poco después. Su hija le condujo hasta frente la casa, y quedó en recogerle en un par de horas. Más tarde, Galillo y Coxis se cuestionaban el juicio de la familia en dejarlo así, pues Tetilla carecía de claridad mental. Concluyeron que su hija había conseguido el pretexto perfecto para sacarlo de la casa y ella disfrutar un rato de tranquilidad familiar.

Tetilla había sido muy admirado en los tiempos de alta actividad de Los Plomeros. Muchos le consideraban como el reemplazo idóneo para Muelas, pues además de una lealtad indoblegable a Estados Unidos, tenía destrezas de oratoria y una capacidad de discreción pasmosa. Muchos aseguran que fue Tetilla quien sugirió que la policía secreta de Puerto Rico diera un escarmiento a los nacionalistas. Tan sutil fueron sus movidas, que ni siquiera los participantes lo mencionaron como la mente diseñadora de los asesinatos en el Cerro Maravilla.

Fue este trágico incidente el que desbandó a Los Plomeros hasta el día de hoy.

Los Plomeros era un grupo de civiles que no se consideraba capitalista sino "anticomunistas"; no se veían como "persecutores" sino como "defensores de la libertad"; jamás se veían como "conservadores" sino como "preservadores de los valores de la familia puertorriqueña"; nunca se juzgaban como "pro-americanos" sino como "americanos, y tengo la ciudadanía para demostrarlo y morir por ella"; y detestaban ser llamados "ultraderecha", porque para ellos bastaba "derecha", no existían gradientes. Cualquier derecha menos derecha que la de ellos, era izquierda.

Sus tareas eran sencillas pero devastadoras. Visto de manera simple, eran un grupo de chotas y agitadores. Recopilaban pistas y señales de quien ellos consideraran izquierdista, y procedían a arruinarle su empleo, negocio, y vida familiar, bien fuera con alguna evidencia de desliz, y si no existía, con rumores infundados propagados estratégicamente. La cantidad de vidas y familias arruinadas es indeterminable, pero para ellos, sus actos salvaban muchas más vidas y familias.

El grupo mantenía contactos con la policía secreta de Puerto Rico y con el FBI, y recibían pequeñas encomiendas cuando estos organismos preferían no embarrarse. Si alguien descubría a una persona revisando los papeles en la oficina de un profesor universitario, era preferible que encontraran a un civil común, que a un agente del gobierno local o federal. Alcahuetes –dizque patriotas– como Los Plomeros eran perfectos para estas labores.

El nombre de Los Plomeros fue objeto de controversia. Muelas buscaba una palabra para "defensores", de ahí llegó a los templarios, y brincó a los masones. Los masones son albañiles, así que los plomeros son también importantes en la construcción. En ese momento Muelas se llamaba "Llave de Paso".

El grupo protestó, señalando que el nombre había sido escogido porque Muelas –perdón, Llave de Paso– era plomero de profesión. El líder se defendió insistiendo que el trabajo de ellos era "sacar la mierda", y que "Los Plomeros" era adecuado. Lo cierto es que los miembros no gustaban sus nombres claves originales como "Tubo PVC", "Filtro de malla", "Anilla", "Tapón", y otros en esa línea. Finalmente, hubo concesiones: el nombre quedaba como "Los Plomeros", y como ellos se consideraban un solo cuerpo, se asignaron los nuevos nombres que ya conocemos.

Los Plomeros se desbandaron durante la controversia del Cerro Maravilla. Hagamos un breve repaso.

No, ahora no podemos. Acaba de llegar Muelas.

El grupo se acomodó en la sala de la casa, donde había sillas plegables, y una bandeja de sandwichitos de mezcla que había traído Cadera, quien era un gran cocinero, a pesar de que la mezcla tenía un toque dulzón, porque su hermano, en lugar de pasarle la pimienta, le había dado el frasco de canela.

Muelas se paró frente el grupo. Galillo apreció la crueldad del tiempo sobre su rostro y cuerpo. Muelas nunca fue alto o bien parecido, pero su voz y severidad le compensaban. Siempre fue el miembro más activo de Los Plomeros; todas las semanas asistía a los cines pornográficos de Santurce, porque allí se metían los degenerados, que son los inmorales, y los independentistas no tienen moral, así que allí podía vigilarlos.

Muelas comenzó a dar un pequeño discurso. Galillo no pudo ponerle atención. Su distracción no era causada por Tetilla, quien había cogido un sandwichito de mezcla y lo hacía pedacitos, tirándolo al piso como si alimentara palomas invisibles. Lo que le inquietaba era el hombre sentado en una esquina.

Muelas no había llegado solo. Aunque asegura que puede conducir sin problemas, lo trajo su nieto, un hombre de casi treinta años, fuerte y con aspecto rígido, que no se quitaba las gafas de sol. Si hay una regla que nunca le ha fallado a Galillo, es que no se debe confiar en personas que esconden la mirada.

"No quiero que se sienta insultado, compañero Muelas" –se atrevió a cuestionar Galillo– "En las reuniones de Los Plomeros jamás se acepta personas externas al grupo".

Galillo evitó mirar hacia el desconocido.

Muelas contestó calmado, como si esperara la pregunta.

"Amigos, no tengo que decir que estamos en nuestros años finales. Necesitamos juventud, para que Los Plomeros continúe cuando no estemos. Les presento a mi nieto Páncreas".

Nadie reaccionó. Tetilla rompía un segundo sandwichito para pájaros inexistentes. Cadera aparentaba mover la cabeza con aprobación, pero en realidad luchaba contra el sueño. Coxis parecía indiferente. Galillo estaba solo en el reto a esta movida no consultada, así que dejó el asunto quieto.

Pero Páncreas le parecía problemático.

Días después confirmaría tener razón.

***

Sasha no era mujer de exigir o necesitar mucha atención, pero estaba comprometida con la relación que tenía con su amigo o su fuckbuddy o su jevito o sugar daddy; no, definitivamente no es sugar daddy porque no es tan viejo, razonó Sasha, quien ya ha explicado esto antes, así que con eso eliminó el término del listado de posibles títulos.

Amador coincidió con ella para un café a sobreprecio. Sasha tomó la invitación con agrado, pues pocas veces dejaba verse con ella en lugares públicos.

–¿Qué es esto? –preguntó Sasha con curiosidad, cuando Amador le pasó un cartapacio con unos papeles dentro.

–No te preocupes por eso ahora. Déjalo cerrado frente a ti.

"¿Una carta de amor?"

"¿Papeleo que lo declara ya divorciado?"

"¿Cómo puedo concentrarme con esta curiosidad?"

"¿Y por qué Amador carga una tablilla portapapeles? ¿Por qué toma notas?"

–¿En qué piensas? –le desconcentró Amador.

–Curiosa, ya sabes como soy.

–Lo sé, por eso haces muchas preguntas.

"Lo dijo sonriendo, debe ser jugando. O es un ataque pasivo agresivo. Nada, debo dejar de sobrepensar todo".

–Tengo muchas curiosidades, pero me basta con una en este momento –dijo Sasha.

–Nunca es una.

–Tienes razón, son muchas. En este momento quería saber si pensabas ir a las protestas.

Pausa.

–No entiendo.

–Tranquilo, no pretendo que estemos juntos. Pero me emocionaría mucho verte, aunque fuera de lejitos.

–¿Qué te hace pensar que pienso participar de las protestas?

Amador lo preguntó sin tono de molestia. La propuesta no le había mortificado, solo sorprendido.

–Tú mismo me dijiste que te parecía impropio el chat.

–Me parece impropio como comunicación de negocios, pero no estoy insultado como ciudadano.

Hasta ahora, no habían tenido tiempo para conversar con calma sobre el chat, y Sasha reconoció su error en presumir indignación en Amador.

–Debieras estarlo, porque insulta al pueblo.

–No seas changuita.

Sasha odiaba esa palabra, una moda para referirse a quienes se insultan con facilidad. Ella reconocía que –muy cierto– hay personas empeñadas en encontrar interpretaciones ofensivas en todo. Esto es muy distinto a pretender que cualquier pedido de respeto sea respondido con un epíteto contra quien se expresa.

–¿Cómo piensas que se siente el muchacho obeso?

Amador tuvo que reír. Era una de sus partes favoritas del chat. Ricky Rosselló, comentando sobre una foto en la que saluda a un seguidor con serios problemas de sobrepeso, indica que "No. No estoy más flaco. Es la ilusión óptica". También indicó que estaba orbitando por cuarta vez al joven obeso, debido a la atracción gravitacional que causaba.

–Eso es gracioso.

–¡No lo es! ¡Todo el mundo está indignado por eso!

–Pues todo el mundo es hipócrita, porque todo el mundo hace chistes sobre los demás. Y no me digas que no es cierto.

–¿Qué pensarías si se hubieran burlado de mí?

–No se burlaron de ti.

–Es una pregunta hipotética.

–No me hubiera gustado. ¿Quién pretende que debemos decir o actuar para gusto de todos? Eso es imposible de lograr. Si algo no te gusta, pues ignóralo, y adelante. La responsabilidad y control está en quien recibe.

–¿Entonces quien se expresa está libre de responsabilidad?

–Vas a seguir preguntando e interpretando de manera que te moleste y te indigne. Es tu decisión, y la respeto. ¿Por qué no respetas la mía?

Sasha hundió la vista en el café. No lo había probado. Ya el vaso estaba frío. En fin, era un café aguado al estilo estadounidense. No era tanto desperdicio.

–No se trata de respetar tu postura, solo quiero entenderla.

–¿Pero la respetas?

–No puedo respetarla si no la entiendo.

–¿Por qué tienes que entenderla para respetarla? Yo no entiendo a los budistas, pero los respeto. No entiendo como mi madre puede ver la programación del mediodía, pero la respeto. No te entiendo a ti, y te respeto. ¿Viste lo importante que es?

–No es lo mismo –respondió Sasha confundida, pero luchando por no confundirse.

—Las excepciones son siempre a conveniencia de cada cual.

—Solo quiero que me expliques por qué no encuentras mal el chat.

—Ahí está el problema. Primero, te he dicho que el chat es un error, no lo he defendido. Segundo, ya te expliqué por qué no me incomoda tanto. Lo que pasa es que, si no estás convencida o satisfecha, quieres presionarme a que te convenza o te satisfaga. Y no. Eres tú quien tiene el deber de tolerar opiniones o sentimientos diferentes. Yo te quiero tal quien eres, y eso es lo único que me importa.

Lo logró: Sasha se sintió culpable por haberle insistido.

—Quería entender, eso es todo.

—Esto es lo que hay que entender: Eso nada tiene que ver con nosotros. Puedes ir a todas las manifestaciones que quieras. No me molesta que quieras perder el tiempo en eso.

—No es una pérdida de tiempo.

—Para ti no lo es, muy bien. Pero esta cita de café no es para discutir, es solo para decirte que voy a estar muy ocupado en estos días. Creo que no podremos vernos en un tiempo.

—¿Cuánto tiempo?

—No sé, depende de cuánto tiempo el país siga changuito.

Entonces Amador, para despedirse, volvió a hacer lo mismo que durante el saludo; un acto que había herido a Sasha.

Amador le extendió la mano.

Después se largó.

Sasha jugó con el palito del café mientras pensaba.

Miró el cartapacio.

Sobresalían dos hojas de papel.

Sasha abrió y leyó las hojas.

En realidad, no leyó nada. Eran papeles en blanco.

Sasha recordó que Amador cargaba una tablilla donde tomaba notas. Entonces entendió el saludo y la despedida.

Amador había preparado todo para que pareciera que le estaba ofreciendo una entrevista a Sasha, que ese cartapacio tenía su resumé, que si alguien los veía, ya existía explicación exculpatoria.

Sasha se sintió insultada.

"No soy changuita, coño".

***

El fantasma de Romero Barceló se desplazó por el cuarto subterráneo donde Ricky Rosselló era rey.

El gobernador detestaba eso.

La ropa no tiene espíritu, así que los fantasmas andan desnudos, conservando su forma al momento de morir. Los músculos de Romero colgaban ablandados en pequeños sacos de piel salpicados por manchas de vejez.

Ricky desviaba la vista en su presencia. Ya en una ocasión, en la semioscuridad del cuarto húmedo, distinguió lo que le colgaba entre las piernas, lo cual le brindó una explicación creíble al apodo de "Caballo". Una larga tira de carne guindaba hasta sobrepasar la mitad de sus muslos. Aunque lo que se veía era la forma en sombra, el gobernador había destacado un detalle que le causó pesadillas por varias noches: la punta final mostraba un glande doble, como un monstruo de dos cabezas, un miembro del apocalipsis, una popeta con forma de corazón. Ricky no quería volver a ver esa pinga de monstruo.

Romero Barceló le recordaba que una vez le habían acusado de asesino, que nada puede ser peor que eso y que, aun así, pudo regresar como comisionado residente. Los electores que me llamaban asesino eran pocos, lo que pasa es que eran ruidosos, insistía El Caballo, así que esto es una tontería, debes creerme, la verdad es lo importante, o más bien la verdad que te convenga. Te aseguro que pronto pasará.

Eso pensaba Ricky, pero seguía preocupado. Sus actos debían haber amainado el calor de la controversia, pero el fuego no paraba de crecer; todo seguía en rumbo al achicharramiento total.

Todo le rebotaba con fuerza, como si el pueblo fuera uno de esos expertos de artes marciales que usan la misma fuerza del golpe del contrincante para afectarle. Cada acto de su parte era respondido con daño mayor. Así pasó con el perdón, y también con el acto religioso. Cuando despidió a varios de los miembros del gabinete que hicieron comentarios ofensivos en el chat, el pueblo lo interpretó como que el gobernador reconocía que el agravio justificaba abandono del puesto. Esto era aceptar que merecía renunciar.

Estaba en arena movediza: mientras más trataba de salir, más se hundía.

Se esperaba que la oposición política explotara la situación, pero no contaba con las quejas internas. Los cuerpos legislativos no le habían exigido irse, pero tampoco le apoyaban. Varios alcaldes de su partido expresaron que debía renunciar. Algunas iglesias se atrevieron a pedir su salida. Su padre había comenzado los esfuerzos de influencia, y todo apuntaba que su ejército le estaba desertando.

Las multitudes seguían llegando a Viejo San Juan. El partido de poder los trataría como turbas, y los describiría como "los mismos de siempre", en referencia al reducido e incansable grupo que durante años ha advertido de todo esto, pero nadie les hacía caso.

La manifestación de esa noche demostró, ya sin dudas, que no eran "los mismos de siempre"

***

Sasha le habló a Yamil sobre su situación con Amador.

Yamil odiaba eso.

Su intención siempre había sido desarrollar una relación de pareja con Sasha, pero cometió el error de no arrojarse a los pasos definitivos, quedando en el terreno de la confianza, el buen oído y los encuentros en grupo. Cayó en lo que se conoce como el "friendzone", ese espacio en que la mujer que interesas te aprecia como un "tremendo amigo", que es peor que "amigo", porque cuando eres "tremendo amigo" caes en la restricción de "no quiero arriesgar la amistad".

El único alivio de Yamil era que no había caído en la

descripción de "es como un hermano para mí", porque eso hubiera convertido sus escenas imaginadas en momentos incestuosos.

Ese consuelo era poca cosa, porque el castigo más duro era ser paño de lágrimas, por usar la expresión popular, ya que Sasha no era el tipo de mujer que llora cuando está enojada o dolida. En lugar de brotar lágrimas, su cuerpo emana malas palabras

"¿Qué me mirará el pendejo ése?" protestaba Sasha mientras caminaban, desde el estacionamiento que consiguieron cerca del Capitolio, en dirección del Viejo San Juan.

Esta noche, las circunstancias trabajarían a su favor. Estaban en el Viejo San Juan con Idalis y Lurmar, las otras dos amigas que completaban el grupo usual de jangueo.

Idalis era la empresaria del grupo. Había dominado varias recetas para lo que se conoce como galletas mágicas, canna cookies, scooby snacks o, más popularmente, "galletas premiadas". Estos son dulces de harina con una dosis de marihuana. Hay que tratarlas con cuidado y solo tener pocas a la mano, porque si la nota te causa "monchis", vas a comer más galletas, y entonces caes en un círculo vicioso donde el mayor peligro, según la División de Control de Drogas, es que subas cinco libras de peso en una noche.

Lurmar no cuidaba su apariencia, pero era considerada experta en el tema. Estudiaba drama, y era –según sus profesores– la peor actriz en haber pisado un escenario, aun considerando al personal de limpieza. Su talento estaba para tras bastidores, ya que era una maquillista magistral.

El cuarteto llegó al Viejo San Juan, y se encontraron que estaba inundado con miles de personas.

Sasha no podía creerlo. Habían decidido cruzar por la Calle San Francisco, la cual queda paralela a la Calle Fortaleza. Presumieron que la ruta sería más rápida y sin entorpecimientos.

Esto no era la noche anterior.

Sin que nadie lo haya convocado, sin líder alguno, la Calle San Francisco estaba casi intransitable, desde mucho antes de llegar a la Plaza de Armas, la cual a su vez se encuentra un bloque antes de la Calle Del Cristo, que era el punto donde la policía había bloqueado la Calle Fortaleza.

La gente vitoreaba "¡Somos más! ¡Y no tenemos miedo!" mientras cargaban cartelones con todo tipo de mensaje:

"Ricky Renuncia"

"Somos la puta resistencia"

"Homofóbico Misógino Machista, ¡Renuncia!"

"Papi, aquí luchando en tu honor. Fuiste uno de los 4,645."

"Después de María la única nevera llena era la de Ciencias Forenses"

"Ricky: Puerto Rico te odia tanto como mi ex me odia a mí"

"Vivo en un país donde mi celular es más inteligente que mi cabrón gobernador"

"Estoy emputá"

"Si Ricky no se quita, el pueblo no se quita".

"Te mofaste de nuestros muertos; de nuestras mujeres, de nuestros pobres"

"Mamabicho: Game Over"

"Ni en Guavate hay tanto lechón como en Fortaleza"

"La peor de las crisis es la de no querer luchar"

"Pasto a $5"

"Siente la fuerza de un país puesto de pie. ¡Ricky renuncia!"

Adicional a la variedad de cartelones con mensajes tanto emotivos como tajantes, había también pinturas, montajes fotográficos, banderas de Puerto Rico –en estilos original, colores de Lares y monocromática– y muchas otras expresiones.

Lo más impresionante era la diversidad de participantes. Esto no era un grupo de universitarios idealistas o de unionados acostumbrados a luchar. Aquí había familias, ancianos, gente sin muchos recursos, profesionales acomodados, personas aún en luto. Algunos lucían enfurecidos, pero contentos de descubrir que no estaban solos en su indignación. Estaban unidos en la declaración de que el país había llegado a su límite de paciencia; la tolerancia –por décadas a los abusos de la clase política– se terminaba ahora. El país lo había arruinado el enriquecimiento de una elite política. Ricky Rosselló se había convertido en la representación de todo eso. Tenía que irse.

El sol ya bajaba, y la ciudad adoptó un tono anaranjado. Los manifestantes caminaban, cantaban estribillos, bailaban. Las cabezas y los cartelones subían y bajaban como si flotaran en agua revuelta.

–Esto parece la SanSe –exclamó emocionada Sasha.

Disculpen a Sasha. Ella está haciendo referencia a las Fiestas de la Calle San Sebastián, unas festividades celebradas cada año en el Viejo San Juan. Las calles de la ciudad histórica se inundan en fiesta y bebida, un verdadero Mardi Gras caribeño. En años reciente, el nombre de las fiestas ha sido mancillado a la aberración "SanSe", que es más cómodo para acomodar en camisetas y gorras.

Yamil se alegró de que la chispa de las protestas cambiara el ánimo de Sasha y olvidara el asunto de su desamor.

Según avanzaban, la música y los ritmos iban cambiando. Cada cual llevaba su arte, y muchos músicos cargaban sus instrumentos, alimentando ritmos y bailes. La bulla no era bulla; era el ritmo variante del corazón de la manifestación.

En un momento, pasaron junto a unos jóvenes con un equipo de música, en el cual pusieron a sonar un reguetón sabroso. Sasha se unió al perreo de unas jóvenes que también se habían dejado domar por el ritmo.

Sasha descendía sus caderas, mientras agitaba las nalgas como maracas de carne. Su pantalón corto se elevó cuando ella descendió con el baile, y Yamil juraría –y recordaría con frecuencia– que la curvatura inferior de las nalgas, donde termina el límite geográfico carnal que empata con el muslo, se asomó por debajo de la prenda.

Sasha solo bailo menos de un minuto, y le preguntó a sus amigos:

–¿Qué te pareció?

–Bailas muy bien –dijo Yamil tras tragar un buche de ocho galones de saliva.

–Debiéramos perrear un día.

Yamil no iba a dormir bien esa noche.

Siguieron avanzando entre la multitud cada vez más densa.

Sasha quería llegar hasta las vallas de cemento que estaban instaladas en la esquina de la Calle Fortaleza con la Calle Del Cristo, donde comenzaba el techo de paraguas de colores. Yamil se opuso de una manera tan tenaz que parecía caprichosa –insistía que llegaran hasta la esquina anterior, que eso era suficiente–, y las tres jóvenes consideraron seguir solas, pero al final venció el sentido de grupo, y no querían avanzar sin su amigo.

La mayor demostración de unidad la daría esa noche un hombre llamado Rey Charlie, popular en la comunidad de fanáticos de motoras y todoterrenos. Cuando convocó en las redes sociales a una manifestación motorizada pacífica, nadie hubiera previsto que se unirían sobre medio millar de fanáticos de estos tipos de vehículos.

Este episodio inusual sirvió de inspiración para el país.

Muchos de los participantes en esta manifestación motorizada venían de distintos caseríos, muchos de los cuales se encuentran en guerra, por diversas razones que no ameritan especular en este momento. El asunto es que todas estas personas montaron juntos, y de manera organizada. Rey Charlie en un momento los regañó, estableciendo las normas de disciplina y las reglas de jerarquía en la caravana. Todos acataron las órdenes.

Si algo esto demuestra, es que los boricuas están dispuestos a trabajar unidos cuando tienen el mismo objetivo, y que no objetan seguir reglas si son consideradas justas y provienen de personas a quienes respeten.

El ruido de las motoras hizo vibrar las calles del Viejo San Juan.

Fue lamentable que ese no fue el cierre de la noche.

En una de esas eternas discusiones sobre "quién empezó", la policía y los manifestantes se enfrentaron en lucha.

Algunos de los presentes lanzaron botellas y pedazos de adoquines. La policía lanzó gases lacrimógenos.

En la confusión de personas esparciéndose, Yamil protegió a Sasha contra la entrada de un edificio. Quedaron en una posición perfecta para besarse. Menos mal que Yamil fue tímido y no lo intentó. Sasha hubiera pensado que se aprovechaba de su vulnerabilidad.

Entonces vieron un brillo rojo.

Alguien había incendiado un contenedor de basura.

El fuego, aunque se trate de basura en un contenedor, tiene siempre un efecto visual dramático y poderoso.

La foto del pequeño incendio, magnificado por la oscuridad, en medio de la calle aún llena de gente con sus banderas en alto, se convirtió en una imagen impresionante que le dejó saber a todos que este movimiento contaba como revolución.

Es que era una revolución.

***

Esa noche, Yamil durmió feliz. Recordaba el momento en que estuvieron pegados en la entrada del edificio y, más que nada, el movimiento admirable de sus caderas. Esta felicidad era tan inmensa que no se percataba que también estaba feliz por lo que había vivido. Nunca había participado de una protesta, y se sentía electrificado y entusiasmado.

***

Sasha se acostó en su cama. No pensó en Amador. Estaba agotada; no de caminar, sino de alegría. Esta noche había conocido a un país diferente. El encontronazo con este nuevo Puerto Rico era amor a primera vista.

Nunca me he sentido tan optimista, pensó. Me pregunto qué pensará Abu de todo esto. La pasé muy bien con Yamil. La energía no le dio para más, y se durmió.

***

Vicente estaba desvelado. Esperó hasta sentir a Sasha llegar en la madrugada. Después rezó un rato pidiendo sueño. No lograba dormir. Quizás fue la reunión de Los Plomeros. Era muy temprano para que estuvieran hablando de violencia. Esto no le gustó a Vicente.

***

Ricky ya había consumido su ansiedad durante el día. El cierre de la noche había sido perfecto. Esto nunca fallaba: cuando los manifestantes se vuelven problemáticos, la opinión pública los abandona.

Un principio importante de Sun Tzu en El Arte de la Guerra es lograr que tus enemigos pierdan sus aliados. Esto ya lo aplicaban los romanos en tiempos de su imperio: "divide y vencerás".

Mañana el pueblo se dividirá por la opinión pública, pensó Ricky, y se durmió.

Martes

16 de julio de 2019

E l Viejo San Juan es una ciudad amada por todos los boricuas. Sus calles estrechas que suben y bajan en obediencia al terreno, las fachadas coloniales, los techos altos y jardines interiores son un deleite que enamora a los visitantes, y que los boricuas no se cansan de conocer una y otra vez.

Por eso nadie estaba feliz con las escenas compartidas.

Puertas vandalizadas. Adoquines arrancados. Paredes marcadas por pintura, con mensajes considerados groseros: "Ricky mamabicho", "Ricky cabrón" y otros, aunque dominaba el emblemático lema de "Ricky renuncia".

Ricky contaba con el recuerdo de la noche anterior. Muchos señalaron alarmados sobre el peligro que representa un fuego en el Viejo San Juan, con sus deterioradas y añejas tuberías de gas. Una explosión, o un pequeño incendio a una estructura, sería completamente devastador en un espacio incómodo obstruido por un gentío masivo que dificultaría el acceso de bomberos y otro personal de auxilio.

Ricky estudió las redes temprano. La indignación era rabiosa en la mayoría de los comentarios. La opinión pública se iría contra los manifestantes, como ocurrió con las protestas en las zonas bancarias en años previos. Perfecto.

Al menos, eso esperaba.

No fue así.

Los vídeos que circulaban en las redes, no ayudaban.

Los policías estaban siendo objeto de ataques con botellas de agua. Se mantenían, en su formación de varias filas, detrás de las vallas, como los guardias reales ante la burla de turistas. Esto los presentaba como víctimas.

Entonces, una ciudadana, se para entre los policías y los manifestantes, y se dirige a quienes protestan. Coge una de las botellas de agua, la tira contra el piso con furia, mientras le exige a los presentes que: "¡No tiren! ¡Ni de un lado, ni del otro!". A su espalda, la línea de policías se abrió como una flor, y por el centro, desde una hilera posterior, un policía disparó una bala de goma a la espalda de la buena samaritana.

Miembros de la Unión Americana de Libertades Civiles, que actuaban como observadores, señalaron que la policía comenzó su ataque con gas pimientas, gases lacrimógenos y balas de goma sin las debidas advertencias y que, según su apreciación, la conducta de los manifestantes no justificaba la reacción violenta de los agentes de ley y orden.

Maldita sea, suspiró Ricky.

**

Huestín pasó poco después del desayuno por la casa de Vicente, donde compartían la segunda taza de café del día, más por costumbre que por antojo. Ahí discutían sobre noticias nuevas y repetían anécdotas viejas.

La amistad perduraba desde la niñez porque cada cual había sido el mástil del otro en sus turnos de tormenta. La relación entre estos dos personajes merece varios párrafos.

Huestín recibió su peculiar nombre porque su padre estaba fascinado con las maravillas que la compañía Westinghouse estaba trayendo a la isla, en particular sus poderosas y modernas turbinas eléctricas. Su padre no era bueno en el inglés, y mucho menos la empleada del registro demográfico, y el Westinghouse terminó por ser Huestín José.

Se conocieron durante la adolescencia. Ambos eran muy bailadores, pero dominaban estilos diferentes. Vicente había capturado los nuevos ritmos de Cortijo y su Combo en antesala al fenómeno salsero, mientras que Huestín era un as con el popular chachachá, el mambo, el son montuno y otros sonidos importados de Cuba con aura de fiesta exótica. En vez de competir en la pista por atención, prefirieron intercambiar pasos y técnicas, logrando juntos convertirse en la sensación de la fiesta que invadieran.

Desde entonces, se dedicaron a dominar todo tipo de baile, según fuera la moda. A comienzos de los 60, el programa "Teenager's Matinee" con Alfred D. Herger popularizó los nuevos ritmos norteamericanos. Vicente y Huestín conseguían parejas que se dejaran llevar, y bailaban en la pista con coreografías ensayadas. En varias fiestas, repetían el "Let's Twist Again" de Chubby Checker, solo para que todos pudieran volver a disfrutar de su energía y gracia.

El plan era conquistar el mundo con su encanto, pero concluyeron que el baile solo les serviría para noches de sábado. La mejor manera de viajar, distinguirse entre las mujeres y alcanzar seguridad laboral era formando parte del ejército de los Estados Unidos. Hasta entonces, Vicente y Huestín eran apáticos a la política, pero tres incidentes definieron sus posturas.

Primero, poco tiempo después de haber sido enlistados, fueron movilizados para una posible invasión a Cuba durante la llamada Crisis de los Misiles, cuando Estados Unidos exigió que la Unión Soviética desistiera de localizar misiles en la isla caribeña. Aunque se logró evitar una tragedia, ambos estaban mortificados con las declaraciones de Fidel Castro señalando que, de haber tenido la oportunidad, hubiera usado los misiles contra los Estados Unidos. Cuba era una versión agrandada de Puerto Rico: Eran islas con muchos aspectos similares en su cultura y composición. Si un país tan rico y cercano a Estados Unidos pudo caer en una dictadura y sucumbir al comunismo, lo mismo podía ocurrir con facilidad a Puerto Rico.

Lo segundo fue la Guerra de Vietnam. Esto se convirtió, de manera simbólica, en una guerra contra el comunismo; Las batallas contra ideologías o vicios morales necesitan algo físico, como un país o una persona. Así que cuando Vicente y Huestín perdieron decenas de amigos militares, la culpa no cayó en el vicio de la guerra, sino en el comunismo.

El tercer incidente, que fue el causante del nacimiento de Los Plomeros, lo compartiremos más adelante en nuestra historia. Ahora mismo nos interesa conocer más sobre la relación entre estos dos amigos, que va más allá de ideologías.

Cuando decidieron abandonar el ejército, ambos consiguieron empleo en el área de educación. Vicente consiguió un puesto administrativo en el entonces llamado Departamento de Instrucción Pública, mientras que Huestín fue maestro de inglés en una escuela.

Poco después de la nueva vida de civil, conocieron a sus respectivas esposas. Vicente se casó con Mariana, con quien tuvo una hija llamada Glorivette. Por su lado, Huestín se casó con una maestra de nombre Flora, pero nunca tuvieron hijos, así que esa ahijada fue el equivalente en parentesco.

Tanto era así, que los cinco viajaron juntos en la primera visita a Disney World, cuando aún tenía una atracción terrible inspirada en la película de "20,000 Leguas de Viaje Submarino". Cualquier adulto encontraría absurda una atracción como aquel simulado viaje en submarino, pero los niños pequeños cambian la perspectiva del mundo. Glorivette se maravillaba con los peces falsos prendados de hilos visibles en el fondo de la piscina, y ellos se maravillaban con ella.

Glorivette siempre fue amante del mar, y Huestín –a quien llamaba tío– gustaba confiarle el secreto de que ella nació sirena, pero que la cola de pez no le nacerá hasta la adultez. En uno de sus muchos paseos por el faro de Cabo Rojo –Flora adoraba tanto ese paisaje que, conforme a sus deseos, sus cenizas fueron arrojadas allí – Glorivette, quien aún no cumplía ocho años, dijo haber encontrado un pez de piedra con dos cabezas. Como Huestín era quien conocía su secreto, ella le regaló la pieza. Desde entonces Huestín guarda el pequeño cemí como uno de sus grandes tesoros.

La anécdota favorita de Huestín trataba sobre cuando llevaron a Glorivette a un parque de atracciones en Puerto Rico llamado Safari Park, el cual estaba localizado en Vega Alta. Ese domingo se presentaría Hulk, el cual estaba en un punto alto de popularidad, gracias a la serie de televisión en que el fisiculturista Lou Ferrigno interpretaba al fortachón color verde. Los anuncios en tevé anunciaban con entusiasmo que Hulk estaría en persona ese domingo en Safari Park, mientras se presentaba una escena del programa, en la cual Ferrigno, convertido en Hulk, destruía una enorme caja en que estaba encerrado. Todos los niños tenían que ver eso.

El parque se llenó, y los matrimonios de Vicente y Huestín llegaron temprano para asegurar que Glorivette podía disfrutar el espectáculo de cerca. La presentación no comenzaba, la multitud crecía, el calor mortificaba, y el público fue impacientándose.

Entonces llegó Hulk.

Solo que no era Lou Ferrigno.

Era un luchador cubano convertido en actor de televisión boricua, conocido como el Tigre Pérez. Apareció descamisado y pintado de verde. Entonces comenzó a rugir y romper unas cajas de utilería que se habían colocado para ese propósito. Aunque el Tigre Pérez era un tipo querido por los televidentes, en este engaño no había aprecio que valiera, y el asunto termina casi en un motín. Vicente y Huestín aprovecharon su preparación militar y sacaron a la familia en rápida huida, antes que se formara una desgracia.

Otra persona miraría este cuento con cinismo. A finales de los 70, el pueblo boricua aceptaba el coloniaje y el fanatismo político, pero no que le dieran Hulk gato por Hulk liebre.

Vicente y Huestín no buscaban simbolismos ni análisis en esta experiencia, solo era uno de esos cuentos que no se cansaban de repetir y reír. Por lo menos, así era antes.

Hasta la muerte trágica de Glorivette, que dejó huérfana a la nieta de Vicente, quien solo tenía cuatro años de edad.

La tragedia golpeó doble, pues Mariana sufría de presión alta, y la noticia le causó un ataque al corazón por el cual estuvo hospitalizada ocho meses, para nunca recuperarse.

Desde entonces, ya los cuentos no evocan la risa nostálgica, sino la pena de lo irremediable. Las tragedias convierten las historias más alegres en las más tristes.

Huestín y su esposa aseguraron estar siempre presentes, para que Vicente no se sintiera solo y sintiera apoyo en la carga de criar a Sasha.

El año pasado, Flora falleció como todos desean: Murió mientras dormía.

Todo esto –y más– han atravesado juntos Vicente y Huestín.

En pocos días, sufrirán otra dolorosa tragedia.

***

Yamil no quería decirle a Sasha que, a pesar de haber disfrutado de la protesta, no estaba de acuerdo con el efecto de las manifestaciones.

Bueno, no quería decirle, pero quería decirle.

No quería decirle porque temía incomodarla, aunque no lo articulaba de esa manera, Yamil sentía que la honestidad era la carta ganadora de conquista con Sasha.

La postura de Yamil se debía a que era fanático de la policía. Su padre era un teniente retirado, y aunque abandonó a la familia cuando aún era muy niño, siempre idolatró el heroísmo de su papá. Cuando compartían, Yamil escuchaba embelesado las historias de su padre contra el crimen y en defensa del orden y la justicia.

El niño deseaba un día enorgullecer a su padre vistiendo el uniforme –como había logrado Noel, su hermano mayor– pero Yamil tenía dos problemas. El primero es que su cuerpo era raquítico, estirado y delgado, con la desproporción de los catorce años de edad todavía presente en un cuerpo de casi veinte. Lo segundo es que era un consumidor habitual de marihuana, lo cual él justificaba con que era para "bregar con la ansiedad", sin especificar que se refería a la ansiedad de que llevaba rato sin fumar.

Su ruta escogida fue estudiar ciencias sociales. De ahí entrará a estudiar leyes. Será un gran fiscal. Así combatirá el crimen y será el poderoso secuaz de los policías. Y podrá fumar tranquilo porque su trabajo no conlleva manejar maquinaria pesada o armas.

Le costaba mucho a Yamil separarse de su bando de ley y orden. También le costaba mentirle a Sasha, así que probó suerte.

—Los manifestantes no debieran estar enmascarados —tanteó.

. —¿Por qué dices? —preguntó ella sin ninguna defensa, solo genuina curiosidad.

—Si no vas a hacer nada ilegal, no tienes que taparte. Si lo haces, quiere decir que tus intenciones son dañar y destruir.

—A lo mejor son encubiertos —sugirió ella con una seguridad que mortificó a Yamil.

. La razón por la que Yamil detestaba este argumento de parte de los manifestantes, era la hipocresía de defender a los enmascarados mientras se recurre a teorías de conspiración. Si quienes protestan no van a hacer daño, y están orgullosos de sus posturas, no necesitan enmascararse. Y si la explicación es que los enmascarados son agentes encubiertos, entonces: ¿Por qué los permiten? ¿Por qué los defienden?

Yamil iba a ofrecer un argumento para debatir el punto. La mayoría de esos enmascarados lucen cuerpos enclenques que jamás serían aceptados como migaja de agente encubierto. Prefirió no traer la atención a las peculiaridades de su propio cuerpo. Bien pensado, Yamil.

—No creo que sean encubiertos —se atrevió a discutir— Fíjate lo que pasó hace un par de años en la Milla de Oro, y los manifestantes alegaron lo mismo, y después quedó grabado y probado que eran unos revoltosos. Arruinan las manifestaciones.

Sasha no se incomodaba, parecía intrigada por entenderle, y esto enamoraba a Yamil aún más.

—A lo mejor no quieren que les reconozcan. No sabemos la situación personal de cada uno.

—¿Estás de acuerdo con que destruyan la ciudad?

—No me gusta, claro que no. Tampoco me gusta que destruyan el país. Por eso estamos luchando, para que dejen de destruirlo, que es lo que hacen los políticos con su robo, abuso de poder y mala administración. Eso es lo difícil de reparar. Lo otro se resuelve con pintura.

—Pero es innecesario.

—Igual es innecesario que te robe la nariz, y aun así lo voy a hacer.

Traviesa, Sasha le pellizcó la nariz, usando sus dedos índice y corazón doblados. Apretó con sus nudillos las asas de la nariz, y tiró como si le arrancara el pedazo de cuerpo. Entonces hizo ademán de lanzar lejos la pieza imaginaria.

Yamil quedó sorprendido por la juguetona coquetería. Sentía que el pecho le estallaría de emoción.

Puede, quién sabe, que le guste a Sasha.

La realidad era menos romántica: Ella se había comido, durante la mañana, una de las galletas de Idalis. Estaba arrebatada.

***

Julia Keleher era la Secretaria de Educación, asignada por Ricky

Rosselló, hasta poco antes del escándalo. Su sueldo anual era de un cuarto de millón de dólares, lo cual le era insuficiente para vivir decentemente porque, a pesar de todo lo que se ahorraba evitando a las estilistas, gastaba mucho comprando acentos por EBay.

Esta mañana, Keleher llegó a Puerto Rico. Ella se encontraba fuera del país cuando surgieron las acusaciones de corrupción. El asunto del chat había opacado la noticia, pero su llegada a la isla, para enfrentar a la justicia federal, le refrescó a todo el país que esto era un gobierno de engaño y robo.

Que el escándalo envolviera al Departamento de Educación añadía la gravedad de asociación con el gobierno de Pedro Rosselló. El entonces Secretario de Educación, defalcó al departamento por más de cuatro millones de dólares. Durante la incumbencia del padre de Ricky, fueron convictos por corrupción: un secretario de gabinete, cinco jefes de agencia, un subjefe de agencia, dos ex secretarios de la gobernación, una ayudante ejecutiva de La Fortaleza, nueve legisladores de sus partidos, tres alcaldes PNP y tres políticos envueltos en la campaña de Pedro Rosselló. Esto es un buen momento para recordar que Pedro alegaba no darse cuenta de nada.

La reacción de los rossellistas, frente estos hechos, suele ser comentar que "robaban, pero había chavos en la calle". Este es el tipo de persona que agradece que un ladrón de órganos, después de dormirle y robarle los dos riñones, le haya dejado, a cambio, un tercer pulmón. Otra actitud –adoptaba también por los Populares– es declarar "para que roben los otros, que roben los míos", lo cual demuestra preocupación por tu bando por encima que tu país.

En línea similar, durante este verano de Ricky, muchos protestaban que "cuando Aníbal, no se tiraron a la calle". Aquí hacen referencia a Aníbal Acevedo Vilá, el gobernador Popular que venció a Pedro Rosselló cuando intentaba retornar a la gobernación. Acevedo Vilá fue arrestado por violar las leyes federales de recaudos para fondos de campañas políticas –que incluía aceptar dos lujosos trajes, y una caja de vasos plásticos rojos–, un crimen muy diferente a robar del erario. No se justifica, pero los mismos que usan el argumento, podrían mencionar que tampoco salieron a protestar durante la incumbencia de Pedro Rosselló.

Como sea: todo eso es indiferente. ¿Acaso significa que jamás el pueblo tendrá derecho a protestar la corrupción, solo porque no lo hizo antes?

Los boricuas –renovados por la dura limpieza de María, y ya despegados de la lealtad ciega a los partidos– no iban a tolerar más esta corrupción descarada. Por eso se indignaron cuando vieron en televisión que Keleher llegaba a la pista de aterrizaje, y que de allí mismo la sacaron en un vehículo, sin tener que cruzar dentro de la terminal, como el resto de la gente común. Pero no era trato preferencial: Los federales temían que se tumbara algo cuando pasara por el duty free.

***

Pedro Rosselló descubrió que sus amigos del partido habían

partido con su amistad. Esto lo tenía frustrado y rabioso. Aún no había podido trabajar con Reina, ya que el poco tiempo que tenía disponible lo usó para aplicar sus destrezas de química.

Desde su laboratorio secreto en Dorado, Pedro le envió esa mañana una caja a Ricky. Dentro, había una hoja con instrucciones, y una camisa planchada.

"Viste esta camisa, y pide perdón a ya sabes quién".

Ricky olió la camisa, y entendió.

Poco más tarde, el gobernador fue hasta Lares, donde se reunió con el joven obeso de sus burlas en el chat. El insultado le perdonó.

La foto se volvió viral en minutos. El gobernador, con sonrisa indefinible y ojos cerrados, recostaba su cabeza contra la chola del joven insultado. El muchacho obeso tenía el rostro enterrado en el hombro de Ricky, comprimiendo su nariz contra la tela. Nadie sabía que el efecto fue posible gracias a que la camisa olía a pionono.

Siguiendo el patrón de todos sus actos de intención reconciliadora, la respuesta del público fue indignación. Muchos consideraban el acto una cobardía, pues el perdonador era un muchacho activista del partido. Ricky no le estaba pidiendo perdón en persona a oponentes políticos que había insultado y amenazado, como Carmen Yulín y Manuel Natal.

Si bien este incidente descubría falsedad en Ricky, también mostraba hipocresía en quienes se quejaban en las redes. Durante los pasados días, se referían al joven insultado como "el pobre obeso". Tan pronto perdonó a Ricky, se convirtió para estas mismas personas en "ese gordo cabrón".

***

Vicente no entendía lo que hablaban en la reunión.

Muelas mantenía la misma fuerza de expresión que siempre le caracterizó, pero parecía que comenzaba a colar disparates en su discurso.

Mientras presentaba el cuadro horroroso de anarquía a la que se dirigía el país, atacó la convocatoria –a participar en la gran manifestación pautada para el día siguiente– por un tal "Bad Bunny". Sonaba como un villano de los cómics de superhéroe que le prestaban en el ejército. ¿Quién se puede llamar "Bad Bunny"? ¿Y por qué habla también de un tal "Residente"? ¿Cuál residente? ¡Hay millones! ¿O se supone que investiguemos?

Cuando mencionó a Ricky Martin, Vicente –es decir, Galillo– olvidó todos los demás personajes. El nombre le revolcaba el estómago y la paciencia.

Para Galillo, Ricky Martin era el máximo reclutador de homosexuales en el planeta, y no estaría satisfecho hasta que lograse "convertir" a cada varón para su gusto y degenere.

Tratar de razonar esto con Galillo era caso perdido. Que si ese roto no se hizo para eso, decía, aunque nunca le decía eso a su esposa. Que si no me importa lo que hagan en privado pero no tienen que anunciarlo, aunque él no escarmentaba en divulgar su propia heterosexualidad sin que nadie lo preguntara o viniera al caso. Que si un hombre no puede preñar a otro, aunque él no abandonó a su esposa cuando ya ella no podía quedar embarazada. Que si Dios lo prohíbe en la Biblia, aunque ignoraba miles de otras prohibiciones mucho más explícitas y repetidas. Y así.

Muelas comenzó a listar el impacto de las manifestaciones. Cuando mencionó los daños en el Viejo San Juan, Tetilla comenzó a cantar "En mi Viejo San Juan" y no había como callarlo. Hubo que hablar por encima de su voz para seguir con la discusión.

Otro de los impactos discutidos fue el anuncio de que un crucero no pararía en la isla, debido a la percepción de peligro. Quizás temían que vándalos se metieran a la nave y pintaran "Ricky renuncia" en una pared del cuarto de bingo. Como sea, Los Plomeros identificaban esto como otro ejemplo de la crisis y confusión que buscan los golpistas, para arruinar la economía mediante el caos, derrocar el gobierno, llevarnos al comunismo, y destruir a los Estados Unidos de América.

–¿Qué podemos hacer? –preguntó Galillo, impaciente por dos días de palabrería sin acción.

Muelas le miró fijamente. Hubo tensión durante sus segundos de silencio. Hasta Tetilla dejó de cantar. Entonces, con voz fuerte, el líder preguntó:

–¿Qué dijiste?

Todos miraron a Galillo, esperando su respuesta. Quedó callado; su intención no era retar la autoridad establecida.

Muelas volvió a hablar.

–Recuerda que estoy sordo de este oído, ya se los he dicho – entonces se viró hacia su nieto y le preguntó –¿Qué fue lo que preguntó?

—Quiere saber lo que vamos a hacer —le aclaró Páncreas.

—Lo que sabemos hacer —Muelas respondió tranquilo al grupo —
Le diremos a la policía y al FBI quiénes son los que están
protestando.

Cadera intervino.

—Pero eso es casi todo el país.

Cadera cometió un error. Muelas y Galillo se unieron a
reprocharle. Coxis se abstuvo de discutir. Tetilla trataba de abrirse el
pantalón para orinar. Hasta Páncreas, que se mantía al margen en
las reuniones y lucía más como un infiltrado, le advirtió que no se
dejara llevar por la prensa, que todo el mundo sabe que los
periodistas son unos liberales en guerra con el gobierno y que
mienten como parte de su agenda comunista.

Cadera no insistió, pero el daño ya estaba hecho.

***

Ricky prendió la parrilla que conservaba en su cuarto
subterráneo. La ventilación era pobre y cocinar allí era un peligro,
pero era el único lugar con la privacidad que requería su secreto.
Cuando Ricky necesitaba sentirse poderoso, superior, intocable, por
encima de la naturaleza y la ley, se preparaba —en un viejo sartén
que conservaba para esos fines— dos huevos revueltos de carey.

El fantasma de Romero Barceló flotaba a su lado, pero Ricky
evitaba mirar para no ver su colgalejo, que debía destacarse con el

brillo de la llama. No tenía nadie más con quién hablar en este reinado sin súbditos.

Antes era distinto. Durante su adolescencia, y en el comienzo de su gobernación, se encontraba con frecuencia a Cabucoana, un taíno que, durante sus siglos de vida ulterior, aprendió buen español y era fanático de la televisión, la cual disfrutaba en La Fortaleza sin que nadie lo detectara. Con mucha frecuencia, le contaba a Ricky sobre los pasos de comedia de "Soledad y Solitaria", dos viejas solteronas en busca de varón. Cabucoana tenía una memoria prodigiosa y podía repetir chistes de "Esto no tiene nombre", "Rompa el risómetro", y hasta parodias de Los Rayos Gamma muchos años después, con tan solo escucharlas una vez.

Estos temas no interesaban a Ricky, quien era más asiduo a la lucha libre, los deportes y los concursos de belleza, en línea con su aire competitivo. Pero Cabucoana era una aparición agradable, que no lo juzgaba, que le escuchaba sin criticarle, y ahora llevaba una semana desaparecido, sin haber ofrecido explicación o despedida.

La otra compañía que disfrutaba en su trono era Reina. La perra sí lo criticaba y juzgaba, pero después le olía las pelotas a Ricky, lo cual él consideraba como su victoria simbólica por encima de sus detractores. Reina aún estaba siendo intervenida por Pedro, por lo que solo restaba Romero Barceló.

Ricky lo vio por el rabillo de su hijo. Su muslo –que lucía como la piel removida de un pollo congelado con manchas de aceite– flotaba a pocas pulgadas de su rostro. En estos momentos, el gobernador odiaba haber nacido con el don de ver a los muertos.

–No te preocupes por lo que pasó –le quiso calmar Romero.

–¿Cómo que no me preocupe? –Ricky meneó los huevos con mayor fuerza –Estoy haciendo todo como me han enseñado, y nada funciona.

Ricky se refería a la conferencia de prensa que ofreció en la tarde, en la cual declaró al país que, después de evaluar el chat junto a un abogado innombrado, él no había cometido nada ilegal.

Aunque Ricky Rosselló era de los pocos políticos que no provenían de la rama de las leyes, ya pensaba como uno. Lo correcto y lo incorrecto se determina por lo legal, en lugar de por lo moral. Por ejemplo, consigues un puesto en el gobierno, y contratas a tu esposa, a tus hijos, a tus hermanos, y otros familiares en puestos para los cuales no tienen preparación. El político no ha roto ninguna de las leyes que –vale recordar– ellos mismos han creado. Por tanto, la conclusión es que no hay nada incorrecto.

Ricky esperaba que el pueblo aceptara su explicación. ¿Por qué habrían de pensar que les miente, cuando él mismo les ha asegurado que dice la verdad?

–Deja que el Departamento de Justicia investigue, y que el resultado te favorezca –le sugirió Romero Barceló –El único peligro es que el Senado quiera asignar un fiscal independiente, pero nuestro partido tiene el Capitolio.

Ricky retiró el revuelto de la candela. Se le había escapado el apetito, pero para evitar mirar hacia Romero, comenzó a comer, usando el tenedor directo en el sartén.

–Me retiraste el apoyo hace días.

Esto era cierto. El mismo día en que se reveló las casi novecientas páginas del chat, el cuerpo de Romero Barceló había indicado a la prensa que todo era consecuencia de la arrogancia y falta de experiencia de la administración de Ricky Rosselló.

Romero Barceló le sugirió ignorar el incidente. Un cuerpo sin un alma perversa que lo controle, no es más que un muñeco de carne y hueso con demasiada consciencia.

A Ricky no le importaron sus explicaciones. Que un líder estadista –tan respetado por los PNP– lo abandonase, era devastador, aunque haya sido en ausencia de su alma. Necesitaba encontrar la manera de detener este movimiento misterioso del pueblo, el cual carecía de líder definido, que se construía por cuenta propia, como el Terminator después de un estallido.

Mañana celebrarían una gran manifestación en el Viejo San Juan. Nadie había citado manifestaciones para esta noche del martes, y aun así las calles estaban repletadas, a pesar de las críticas contra los daños a la propiedad en la ciudad colonial.

Ricky Rosselló recordó nuevamente a Cabucoana. De pronto se antojó en pensar que la presencia del fantasma taíno podía ayudarle. Dato curioso: En este asunto, Ricky estaba cerca de la verdad.

Miércoles

17 de julio de 2019

V icente preparó, en su cacerola de la suerte, sus usuales porciones de café con leche. Ya Huestín le había advertido que no le acompañaría en esta mañana. Sasha, que aún no había cogido calle, le acompañó en el café, lo cual resultó agradable para ambos, a pesar de la discusión.

Sasha preguntó por padrino Huestín. Vicente le dijo que Huestín andaba muy animado en estos días, y que preguntaba mucho por ella, y si quieres mi opinión eres una malagradecida, tu padrino ha sido casi un padre para ti, y cada vez que visita no estás porque mira que eres callejera, y me dice que no has pasado a saludarlo desde hace casi dos semanas, y ahora me vienes a preguntar cómo está y, muchachita de Dios, ¿no puedes parar de mirar ese aparato?

La generación de Vicente no se ha acostumbrado, y quizás nunca se acostumbre, a la pérdida del contacto visual durante las conversaciones. Los jóvenes no despegan sus ojos de los celulares, y en este momento Sasha no era excepción.

Amador le había escrito en la mañana, solo una nota corta –pero suficiente– indicando que la extrañaba. Ella esperó quince minutos, que sintió eternos, para contestarle, por eso de no lucir desesperada por hablarle aunque estaba desesperada por hablarle. Amador debió prever el juego, porque ahora se tardaba en contestar, y ella miraba la pantalla después de cada pestañeo, esperando el gratificante mensaje de texto. Por eso no había salido aún, porque quería asegurarse de su rumbo.

—Perdona, Abu, ¿me decías algo?

—Que veas a tu padrino, caramba. Y que dejes de mirar el celular.

—Espero mensaje de Lurmar —mintió, y se arrepintió.

Vicente no perdía oportunidad para criticar las amistades de Sasha.

—¿Esa es la que está llena de tatuajes?

—No está llena de tatuajes, pero tiene varios.

—Debiera tatuarse otra cara, una que muestre vergüenza.

—¿Por tener tatuajes?

—Los tatuajes son para hombres que viven del mar, y para criminales en prisión.

—¿Una mujer no puede tener tatuajes?

—Puede, si es una mujer de vida alegre que consigue pareja y, para demostrar que él es el único hombre ahora, se marca en la piel el nombre o el rostro de su amado. Dudo que tu amiga tenga por novio a un caballo cuernudo.

—Unicornio.

—No me importa cómo se llame, eso es de gente baja.

Sasha se vio tentada a confesarle que lleva el tatuaje de una mariposa azul en la nalga derecha. No había necesidad de decirle, porque eso lo iba a mortificar sin hacerle cambiar de parecer. ¿Para qué importunarlo?

—A Lurmar le gusta, y es a ella a quien debe importarle.

—Siempre con esa defensa. Si huelo a pescado podrido, y no me baño porque a mí me gusta esa peste, eso no me hace un hombre independiente y seguro, lo que soy es un desconsiderado social.

—Pues sus amigos no tenemos quejas.

—Tremendito grupo de amigos. Peor es la otra. La que tiene ése color de piel.

"Ése" color de piel era cualquier tono más oscuro que la piel de Vicente.

—Te he pedido que no seas racista.

—No soy racista. Yo he tenido amigos negros —aseguraba Vicente en referencia a compañeros del ejército con los que, solo por las circunstancias, estuvo obligado a pasar el tiempo.

—¿Por qué entonces me has pedido que nunca tenga un novio negro?

—Porque cada cosa es su lugar. Por algo Dios los hizo de distintos colores.

—Pero abuela era rubia y antes tenías el pelo negro. ¿Por qué se mezclaron?

—Oye, que ambos éramos blancos.

—¿Por qué en el caso de la piel cuenta el color, pero no en el cabello?

—El cabello no cuenta porque a la gente se le cae el pelo, así que no es importante. Si a alguien se le cae la piel, sácale el cuerpo, porque tiene lepra. Como sea, no me molesta que tu amiga sea negra.

—Es trigueña.

—El chocolate es chocolate en cualquiera de sus tonos. Ya te dije que el color no me molesta. Es que tiene aspecto de tortillera.

—¿Dices lesbiana?

—Tú me entendiste bien.

—¿Piensas tener sexo con ella?

Vicente por poco deja caer la taza de café, hasta que recordó que eso solo pasa en las películas.

—¡Dios me libre! ¡Claro que no!

—¿Entonces por qué te importa si es lesbiana o straight?

—Por lo que puedan pensar de ti.

—Me importa lo que pienses tú de mí.

—Yo pienso que eres un ángel, y la bendición más grande en mi vida.

—Ya está, pues no importa la sexualidad de Idalis.

—El muchacho que anda con ustedes, ¿también es gay?

—Yo he visto como Yamil mira a las mujeres, y estoy segura que no lo es.

—No será gay, pero es tecato. Se le nota.

—Abu, son buenos amigos, yo los quiero y ellos me quieren. Eso es todo lo que me importa.

Vicente dijo algo. Ella no lo escuchó. Le había llegado un texto que la desconcentró.

Sasha, en un impulso de entusiasmo fuera de lugar, le había

texteado un "Te quiero" a Amador.

Y después de hacerle esperar, él contestó:

"Ok"

Hay respuestas que joden.

***

Ricky estaba aliviado en tener a Reina consigo. Pedro Rosselló le había dado unos toques en el cerebro, con una destreza de cirujano mesiánico libre de marcas o cicatrices. También repasó sus conocimientos generales y le alimentó nuevos datos para ayudar en este período de crisis.

Ricky le acariciaba la cabeza a la perra. El gobernador estaba encorvado en su trono, hundido en sus múltiples reveses.

Una de sus frustraciones era la corona. Durante su adolescencia, había preparado la pieza usando una plancha de aluminio fácil de maniobrar y cortar, y le había pegado prendas que su madre consideraba extraviadas. Desde entonces, la cabeza le había crecido, y la corona no le asentaba correctamente, por lo que siempre llevaba el pelo frondoso y lleno de gel para poderla hundir en la cabellera. Esto la mantenía en su sitio, pero no resolvía la desproporción. Cuando se miraba en el espejo, la coronita le hacía parecer la reina del ajedrez. Necesitaba corona nueva.

La mayor de todas sus ansiedades era que las protestas seguían creciendo, no solo en cantidad de manifestantes y opositores públicos, sino en área geográfica y variedad de expresiones.

Los boricuas residentes en otras partes del mundo se agrupaban para expresar su indignación, y apoyar el llamado de "Ricky Renuncia". La diáspora en el estado de Florida celebró varias manifestaciones. Igual ocurrió con la comunidad puertorriqueña en Nueva York, que lo mismo formaba un baile sincronizado en la estación de tren de Manhattan, que montaba sus propias marchas en Union Square. Aquí Ricky sufrió el duro de remate de la participación de Lin-Manuel Miranda, un boricua muy respetado en los Estados Unidos por su excepcional creatividad y por ser la mente responsable por el famoso musical "Hamilton", uno de los mayores éxitos en la historia de Broadway. Ese año, Miranda había hecho sacrificios personales para traer el éxito a Puerto Rico y recaudar fondos de ayuda, solo para descubrir, en el chat, que Ricky y su ganga habían recurrido a manipulaciones y mentiras para que la obra no se presentara en la Universidad de Puerto Rico –donde Miranda deseaba– y así seguir mancillando la imagen de la institución de educación pública.

Todo esto era mala publicidad para su imagen. Las protestas surgieron en otros estados, incluyendo Virginia, Massachusetts, Illinois, Kentucky, Colorado, California, y más.

Las manifestaciones no se limitaban a la isla y Estados Unidos. Ciudadanos boricuas en Polonia, Italia, Suecia, Alemania, Holanda, España, Francia, Noruega, Eslovenia, Chile, Ecuador, y muchos otros países, organizaron sus protestas.

Todo esto era parte de los reportajes principales en muchos de los medios noticiosos más poderosos e influyentes del mundo, incluyendo el New York Times y Al Jazeera.

Peor era lo de Bad Bunny.

Esto se sentía como la más dura ingratitud.

Si está leyendo esto en trescientos años, y para usted Bad Bunny es una figura mitológica del pasado, que supuestamente bajó de otro planeta y enloqueció a la humanidad usando rayos que disparaba desde un ojo en la frente, sepa que la historia se ha exagerado con el paso del tiempo. En el verano de Ricky, Bad Bunny era el artista puertorriqueño más pegado alrededor del planeta, gracias a su dominio del género conocido como trap, una de esas variedades musicales que la gente dice aborrecer pero todo el mundo disfruta. Esto convertía a Bad Bunny en un medio con más alcance que el New York Times o Al Jazeera.

Bad Bunny repudiaba al gobernador e invitaba a la juventud a movilizarse. Para Ricky, esto era muy hiriente, pues se consideraba fanático de los géneros contemporáneos nacidos del underground, y se había expuesto a duras críticas por haberle pedido al artista que abriera una nueva función cuando, casi un año antes, su concierto en la isla vendió a capacidad las primeras dos presentaciones. Reforzando su esfuerzo de jovialidad, Ricky había hecho la solicitud por Twitter. Muchos miembros del ala conservadora se sintieron traicionados por el gobernador, quien estaba –según interpretaban– fomentando los temas del consumo de drogas y el sexo desenfrenado.

Lo que muchos no entendían es que Ricky adoraba la imagen de los raperos, reguetoneros y traperos: Hablar sucio, echárselas de bichote, lucir riquezas, tener fama, gozar poder. Durante estos días en que el país desenterraba cualquier detalle en el afán de humillarlo, resurgió un vídeo en que Ricky baila reguetón –o intenta bailarlo– junto al legendario Héctor El Father, durante lo que se presume que era una actividad cuando Pedro era candidato.

Hay que recordar que Ricky sufre un doble impedimento: Es blanco, y encima pertenece a la clase alta de Guaynabo. Por tanto, no tiene el cromosoma del ritmo en su código hereditario y, cuando "perrea", luce como alguien tratando de cagar con los intestinos rellenos de cemento. Por esa razón Ricky decidió estudiar las células madres y buscar alguna manera de alterar sus genes.

En otras circunstancias, hubiera estado orgulloso de que exponentes de la revolución musical le dedicaran una canción. El número que estrenaron Bad Bunny, Residente –un respetado poeta del género urbano–y su hermana iLe, durante la mañana, como antesala a la manifestación pautada para la tarde, se titulaba "Afilando los cuchillos", y entre los múltiples ataques contra Ricky, se distinguía la línea "No nos va a meter las cabras un pendejo de Maristas", en referencia a la escuela de clase alta en que se graduó el gobernador.

Y pensar que, unos meses antes, Bad Bunny y Residente le habían caído, sin aviso, en La Fortaleza durante la madrugada. Esto le había hecho lucir como parte de la juventud. Ahora la juventud cantaba que Ricardo Rosselló es un incompetente; homofóbico, embustero, delincuente; A ti nadie te quiere, ni tu propia gente.

Sentía que era cierto: No lo quería su propia gente.

El Capitolio le había cedido un tiempo para que intentase control de daños, pero aquello era un incendio en un bosque seco, y los representantes y senadores no estaban dispuestos a achicharrarse por él. Presionados por las manifestaciones, y buscando salvar su propio pellejo, la Cámara anunció haber pedido la opinión de un grupo de juristas, para conocer si había causa para iniciar un proceso de residenciamiento, que era otra manera de decir "Si no renuncias, entonces te botamos". La Cámara brindó, a los juristas, diez días para llegar a sus conclusiones; esto era un periodo de deseado agotamiento para las masas, y tiempo adicional para que el gobernador se ingeniara un remedio.

No tenía ideas. Consultó a Reina.

–Hazte el pendejo.

Ricky pensó sobre esto.

–Es lo que he hecho.

–Más pendejo. Ignora.

Ricky entendió: Ghosting.

Ghosting, un anglicismo que podría traducirse como "fantasmear", no es un concepto nuevo, aunque la popularidad del vocablo sea reciente. Esto consiste en ignorar a alguien o algo hasta que la gente se aburre o lo olvida. Un ejemplo de esto ocurre en la historia de Puerto Rico: No se mencionan las persecuciones contra disidentes, porque así logra olvidarse.

El mejor político en el dominio del ghosting era Pedro Rosselló. Veinte años antes, su padre enfrentó duras protestas y encontronazos sangrientos entre ciudadanos y policías cuando se propuso vender la compañía de servicio telefónico, que pertenecía al gobierno. Ante la certeza de que no podría convencer a los opositores sobre las virtudes de sus intenciones, decidió ignorar los reclamos en contra. Una tarde anunció un mensaje al pueblo, todo el país se conectó vía televisión, y Pedro ofreció un mensaje sobre sus planes para la educación. Todo era "business as usual". En otro momento la Secretaria de Estado –la controvertible Norma Burgos– llamó a una conferencia de prensa, y mientras los periodistas esperaban por sus comentarios sobre la crisis, Burgos anunció que el ingreso bruto del país había crecido gracias a la venta de Viagra, la cual se producía en una farmacéutica de la isla. Había cierta ironía en todo esto, pues el gobierno se estaba clavando a la prensa y a quienes protestaban.

Así continuó el ghosting, mientras avanzaban las negociaciones. Cuando se completó la venta, ya no tenía valor protestar. El asunto se resolvió ignorando la tormenta; bastaba resistir hasta que terminara el mal tiempo.

Eso haré, decidió Ricky.

Seré el pendejo más grande que existe.

***

Yamil quería verse especial. Toda su selección consistía de camisetas, pantalones hasta las rodillas, y tenis. Jamás había usado zapatos de vestir, fuera de bodas y fiestas especiales, y siempre terminaba en el piso después de perder el balance, como una debutante en tacones.

Sentía que tenía una cita con Sasha. Idalis y Lurmar llegarían más tarde en la noche a la manifestación –que marcharía desde el Capitolio hasta la Fortaleza– pues se quedarían cocinando galletas con pasto para vender durante el evento. Sasha le pidió a Yamil que llegaran temprano, pues quería tratar de acercarse al actor boricua Benicio Del Toro, quien había viajado hasta la isla para apoyar el esfuerzo del pueblo exigiendo la renuncia de Ricky Rosselló. Sasha consideraba a Benicio como el hombre perfecto, lo cual lastimaba a Yamil, quien podía aspirar –a lo más– a parecerse a un escupitajo del actor. En una ocasión, Yamil criticó a un joven que vestía una camiseta del Che Guevara, y Sasha se limitó a contestarle: "Con Benicio Del Toro no te metas".

Así que debía estar casual para la protesta, pero quería lucir algún esfuerzo por impresionar. Pensó en comprar una camiseta nueva, lo ideal sería una de la bandera de Puerto Rico, pero temía que su hermano policía la viese y le formara una cantaleta. Vestir la bandera era casi el uniforme de los indeseados.

Tuvo una idea. Recopiló su dinero, y decidió que podría darse el lujo. Compraría la camiseta durante la manifestación, pero no compraría una, sino dos. Ahí le regalaba la segunda a Sasha. Ambos entonces las vestían, y andarían igualitos, como una de esas parejas que la gente detesta.

Las revueltas pueden ser románticas.

***

Cuando Vicente regresó de la reunión de Los Plomeros, se encontró a Sasha, y descubrió que el mayor de sus temores era realidad.

Sasha apoyaba las protestas.

Su nieta preparaba un cartelón con el mensaje: "Somos los de abajo; Ricky pa'l carajo".

Ella no le esperaba; Vicente le había dicho que no estaría de vuelta hasta más tarde. La reunión de Los Plomeros finalizó mucho antes de lo esperado, cuando hubo que llamar a la familia de Tetilla para que lo recogiera, pues había pedido permiso para ir al baño, y regresó desnudo con un cepillo de dientes asomándose por el culo. Su hija lo recogió, y le explicó al grupo que su padre sabe administrarse sus supositorios sin ayuda, y que debe haber actuado bajo confusión, ya que le habían hecho un cambio de medicamentos en la mañana. Ella aseguró que lo traería al día siguiente, pues le hacía bien compartir con amigos.

Fue una lástima, porque la reunión estaba siendo productiva. Después de dedicar un par de días a entender la situación del país, se habló de asuntos de logística. Aquí intervino Páncreas, y fue muy valioso, explicando los gastos necesarios para ejecutar la operación de manera segura. En esa conversación fue que llegó Tetilla pareciendo un pavo real desplumado. Fue suficiente muestra de entrega y liderazgo para que Vicente lamentara: Si Sasha fuera un poco como él.

No fue por falta por esfuerzo. Vicente la crio con sus valores, que es un eufemismo para los prejuicios. Le habló de las grandezas de los United States of America, la inferioridad de Puerto Rico, la falta de humildad y gratitud de los independentistas, los horrores del comunismo, la amenaza oculta del socialismo, la superioridad de algunas razas y la inferioridad de muchas, la envidia de otros paisess a los Estados Unidos, la maldad de las uniones, la criminalidad de quienes protestan, la desvergüenza de los homosexuales y las mujeres de ropa impropia, la falta de valor en la mujer que habla sucio, la superioridad física y social del varón, las mentiras de cualquier crítica al sistema, la nobleza de sus candidatos favoritos, la perversidad de los rivales políticos, y los peligros de escuchar a quien te quiera convencer de lo contrario.

Toda una vida de criarla por el camino correcto, y ella hace un cartelón para protestar contra el hombre que ha prometido lograr la estadidad para la isla.

Sasha no se consideraba rebelde, porque nunca contrariaba a su Abu por capricho. Toda la campaña de "esto es lo correcto, lo otro está mal, y no escuches al resto" no había funcionado con ella, así como no ha trabajado con la más reciente generación. Antes era más fácil controlar el círculo de amistades de los hijos, pero el nuevo mundo de las redes expone a todos a puntos de vista diferentes, a personas con otras creencias religiosas, a escuchar distintos ángulos políticos, variaciones en argumentos morales y, sobre todo, muchos memes graciosos.

La era de la comunicación es la verdadera era de la libertad.

Vicente no consideraba nada de esto como ventaja.

Se supone que Sasha esté contra quienes protestan, y punto.

Sasha le explicó que su postura nada tenía que ver con creencias políticas, que muchos seguidores del PNP están también pidiendo la renuncia. Vicente explicó que estos revoltosos lo que quieren es traer el socialismo y que terminemos como Cuba y Venezuela. Sasha le preguntó por qué siempre traen esos dos países como ejemplos de socialismo, cuando existen muchos otros países en el mundo. Además, China es socialista, y es tan poderosa como Estados Unidos. Ahí Vicente se alteró: Sí, claro, y no tienen libertad, solo pueden tener un bebé, y si le sale nena la ahogan, y usan los gatos para hacer arroz chino, qué clase de sistema es ése que permite eso, y Sasha le dijo: Mira, no quiero pelear contigo, pero debiera darte vergüenza decir tantas cosas xenofóbicas, y Vicente se quedó de pronto callado, porque no entendía esa palabra, pero sabía que fobia significa miedo, y él no le teme a los senos, pero no va a discutir eso con su nieta, y justo ahí llegó Yamil a recogerla.

Esta transformación era un temor que atormentaba a Vicente desde que ella decidió estudiar en la Universidad de Puerto Rico, reconocido laboratorio de subversivos y problemáticos comunistas.

Inclusive, allí fue que germinó Los Plomeros.

Más que preocuparse por su desvío intelectual, Vicente temía por su seguridad. Temía que terminara como Antonia.

***

Para entender la repulsión de los manifestantes contra la policía, y de personas como Vicente y Los Plomeros hacia quienes protestan, conviene repasar un poco la historia.

Durante las primeras décadas del siglo 20, los gobernadores de Puerto Rico eran asignados por el Congreso americano. Como el país era considerado un territorio de los Estados Unidos, se le protegió como tal, así que se creó el cuerpo de la Policía para mantener el orden que habían establecido. Aunque en toda sociedad conviene –se necesita, debemos reconocer– un cuerpo de ley, en el caso de Puerto Rico se trataba de una extensión directa del ejército, entrenada y equipada por la guardia nacional de los Estados Unidos. Desde entonces, ante los ojos de nacionalistas e independentistas, la policía representa el poder colonial.

Son muchos los incidentes que contribuyen a la historia, pero podemos marcar el año 1935 como el momento en que la relación entre nacionalistas y policías se torna violenta, y usa como terreno de combate a la Universidad de Puerto Rico en Río Piedras.

Chardón, catedrático de la universidad, promovía que el país se alejara de la subsistencia por la caña de azúcar, y se encaminara en la ruta de la industrialización que empujaba el Nuevo Trato del presidente Roosevelt. El líder nacionalista Pedro Albizu Campos – quien luchaba sin descanso por los derechos de los obreros de la caña– acusó a la universidad de producir cobardes, traidores y afeminados, lo cual no lo hubiese hecho muy popular en Twitter en nuestros días.

Algunos estudiantes, adelantados a la tendencia de los "changuitos" por unos ochenta años, decidieron realizar una asamblea para declarar a Albizu Campos como el mayor enemigo de los estudiantes universitarios. Ante este tema controversial, se aumentó la vigilancia, y la policía detuvo un carro que consideraba sospechoso, donde viajaban unos jóvenes nacionalistas. Los mismos fueron acribillados, y hasta murió –por una bala perdida– un paisano inocente que estaba comprando un boleto de lotería, lo cual era irónico porque ya vemos que no era su día de suerte. En la llamada Masacre de Río Piedras murieron cuatro nacionalistas. Albizu le pidió a sus seguidores que este crimen no quedara impune, lo que se interpretó como un llamado a asesinar policías. Uno de estos actos de venganzas revolvió el país entero.

En el siguiente año, el carro donde viajaba el coronel Francis Biggs, máximo jefe de la Policía de Puerto Rico, fue interceptado después de asistir a misa en la catedral de San Juan. Biggs no cargaba su arma a la iglesia, ya que dicen que es mejor pedirle a Dios por las buenas mediante oraciones, que exigiendo a punta de pistola. Dos jóvenes nacionalistas –Hiram Rosado y Elías Beauchamp– lo acribillaron dentro de su vehículo.

Hiram y Elías fueron arrestados y llevados al cuartel del Viejo San Juan para ser interrogados. No llevaban mucho tiempo adentro cuando se escucharon ráfagas de tiros. La versión de los hechos: que los dos jóvenes habían tratado de hacerse de una carabina, y hubo que matarlos a tiros. Un campo en que la humanidad no ha mostrado progreso es en los embustes gastados.

Una nota importante: El crimen de quienes perpetraron la Masacre de Río Piedras, y los asesinatos de Hiram y Elías, quedaron todos impunes. Ya veremos que la falta de justicia no se limita a estos incidentes.

Entonces ocurrió la Masacre de Ponce en 1937.

El Partido Nacionalista organizó una marcha a celebrarse en Domingo de Ramos. Cuando ya estaban dispuestos a comenzar, les retiraron los permisos concedidos para la manifestación. Alguien reclamó sus derechos constitucionales a la libre expresión, aunque faltaba quince años para que se firmara la Constitución de Puerto Rico.

Pero no hace falta una Constitución para reconocer nuestro derecho humano de expresarse sin ocasionar daño. Así que la banda comenzó a tocar "La Borinqueña" y, en ese momento, las decenas de policías que habían rodeado al grupo abrieron fuego, matando a diecisiete personas, entre ellas un niño de siete años de edad. Solo murieron dos policías por balas perdidas de sus propios compañeros.

Nadie fue procesado criminalmente. Como sería costumbre en estos incidentes, la policía alegó que la violencia comenzó desde el lado de los manifestantes, con supuestos disparos desde una azotea. Como evidencia, unos policías posaron para una foto, mirando a los techos, como tratando de identificar un francotirador. Pero ninguno de los nacionalistas fallecidos y arrestados cargaba armas, en todos los análisis fotográficos se demuestra que estaban desarmados, y la coartada carecía de lógica. Había sido una masacre descarada.

El gobernador Blanton Winship –que había sido apuntado por el gobierno de Estados Unidos– tuvo que abandonar su puesto dos años después de la tragedia, debido a presiones de grupos de derechos civiles, y la campaña #BlantonRenuncia.

Quizás la mayor prueba de que los nacionalistas y la policía se consideran enemigos, fue la insurrección de 1950.

El 30 de octubre, los nacionalistas se levantaron en grupos, y atacaron los cuarteles de la policía, que era el instrumento de represión contra ellos. Otros puntos de ataque tenían intención política, como La Fortaleza. Cinco nacionalistas entraron al jardín de la mansión donde, por confidencias, ya eran esperados y fueron fulminados.

La batalla cubrió muchos puntos de la isla.

En Jayuya, los nacionalistas quemaron varios edificios del gobierno y llegaron a declarar la República Libre de Puerto Rico, hasta que fueron enfrentados por soldados de la Guardia Nacional, quienes dispararon con ametralladoras y morteros.

El encuentro más sangriento ocurrió en Utuado. En un intento excesivo por contener a los nacionalistas, este pueblo de la montaña fue bombardeado desde el aire. Después de que los nacionalistas se rindieron, la Guardia Nacional les hizo marchar con las manos sobre la cabeza. Entonces los ametrallaron.

Los ataques de la revuelta nacionalista no fueron contra ciudadanos desarmados o indefensos; enfrentar a los policías y a los guardias nacionales era casi un acto suicida por su ideal. Pero al final, el asesinato de policías solo sirvió para deteriorar la situación entre estos bandos. La policía, considerando que todo nacionalista era un potencial asesino de agentes del orden, reforzó la identificación y recopilación de información sobre cualquier simpatizante de la independencia.

Poco más de quince años más tarde, estos encontronazos se avivaban en la Universidad de Puerto Rico, con trágicos resultados. Aquí entenderemos por qué muchos boricuas insisten en igualar las protestas con intenciones independentistas y comunistas.

Pero seguimos con eso después. Ya Yamil y Sasha llegan a Viejo San Juan. O casi.

***

Yamil no podía creerlo. Habían salido para llegar antes del llamado de las cinco de la tarde, y el tránsito estaba denso desde el área de Parque Central, a casi seis kilómetros del Capitolio. Tuvo que estacionarse dentro del área de Miramar en Santurce, desde donde tendrían que caminar durante casi una hora para alcanzar su destino.

Sasha lucía muy animada, y esto contagió a Yamil. Cientos de persona compartían la ruta, pasaron frente el puente Dos Hermanos, y siguieron rumbo a atravesar la Puerta de Tierra. Les acompañaba grupos e individuos de todas edades y mezcla racial. La policía dirigía el movimiento vehicular y aseguraba la seguridad de los manifestantes, algo que Yamil mencionó con insistencia. Sasha lo afirmó sin más discusión, ajena del conflicto que atravesaba su tímido pretendiente.

La experiencia fue transformadora para ambos. Sasha pasó de

esperanza a total convicción. Yamil pasó de enchulado a locamente enamorado.

Empecemos con el cambio de Sasha.

La larga caminata de tanta gente –sin interés personal; nadie ganaba un centavo por estar ahí– actuando juntos por el beneficio del país, le sobrecogió de emoción.

Pensó que nadie sentía que era sacrificio tanto caminar. Recordó que así pasaron sus días después del huracán María, cuando los caminos solo se transitaban a pie; cuando no tenían combustible; cuando no había comunicación y tenías que asegurar el bienestar de un familiar.

Todo esto, después de esas caminatas, no importa.

Cuando se antojó de una botella de agua, se detuvieron en una tienda de gasolinera que estaba en ruta. Por la demanda en el negocio, y para conservar el orden, se estaba permitiendo –poco a poco– el paso de los clientes. Un empleado mantenía control de la entrada en todo momento, usando su cuerpo para bloquear el espacio cada vez que abría la puerta. Todos cooperaban con paciencia en la línea.

Esos no son boricuas previos al huracán, que se quejaban por cualquier incomodidad, y que hubieran hostigado al empleado del establecimiento.

Estos son los boricuas posteriores a María, los que conocen que la comodidad no es una necesidad. Estos son los que nada los detiene.

El otro cambio fue que Yamil pasó de enchulado a locamente

enamorado.

Hay una diferencia entre estos dos términos.

Enchulado es un hombre que quiere a cierta persona en su vida.

Locamente enamorado es un hombre que sin cierta persona, no quiere la vida.

Fueron instantes pequeños que se acumularon hasta cambiarlo.

Sasha bebió de la botella de agua, le ofreció a Yamil. Él gustoso pegó su boca donde quedaba residuos de los labios de ella. Sasha le pidió de regreso y volvió a tomar, como si completaran un beso por relevo.

Cantaron juntos "Preciosa" de Rafael Hernández Marín. Ella a la patria. Él a la patria y Sasha.

Cuando llegaron al Capitolio, ya el peregrinaje desde allí hasta La Fortaleza había comenzado. Perdió así Sasha su oportunidad de ver a Benicio Del Toro. Sasha pegó su cara contra el brazo de Yamil y simuló un llanto falso durante unos segundos. Esta Sasha. Tan espontánea. Tan chistosa. Tan encantadora. Tan juguetona. Tan traviesa. Tan maravillosa. Tan tan tan tan tan.

Compraron juntos las camisetas. Después de haber pasado la Plaza Colón, se encontraron un vendedor y Yamil extendió la invitación planificada. Era un diseño mínimo: Camiseta negra con letras blancas en el pecho que formaban "Ricky Renuncia". Sin aviso, Sasha se cambió la camiseta allí mismo en la calle. Levantó la prenda actual por encima de la cabeza, mostrando sus senos protegidos por un sostén no muy conservador pero tampoco muy sensual. Con hábil ligereza se puso el regalo. Yamil vio aquello como una muestra de intimidad porque, aunque le rodeaban miles de personas, para él solo estaba ella.

Coincidieron de nuevo con un perreo improvisado y volvió a mostrar su habilidad, pero sin separarse de él, moviendo coqueta sus caderas: Tan tan tan tan tan.

Al final de la noche. Yamil sabía que había pasado de enchulado a locamente enamorado. Más bien: Tan tan tan tan tan enamorado.

Lo único que le arruinó la noche fue el nuevo encontronazo con la policía.

Todo había transcurrido con agrado. Habían creado un corto juego: Ganaba quien encontrara la protesta más original. Hasta el momento, iba ganando Yamil, quien señaló a un equipo de madre e hija vestidas en piezas negras con letras en el frente. La hija preadolescente cargaba las palabras "La hija de", mientras que la camiseta de la madre leía "La Gran Puta". El puesto ganador le fue arrebatado horas más tarde y compartido entre ambos, pues Rey Charlie repitió su llamado a los motociclistas –esta vez con un estimado de tres mil participantes– formando una caravana humeante de olor a combustible, ruidosa y gritona en la noche, como si tuviera que despertar a la ciudad.

Habían logrado llegar a la Plaza del Quinto Centenario, donde se leyó un manifiesto declarando que Ricky Rosselló ya no era gobernador de Puerto Rico. El público lo celebró como si aquello tuviese poder legal o influencia en la realidad, pero lo cierto es que eran palabras excitantes, aún si fueran fantaseadas.

Poco después fue que el desmadre.

Varias hileras de policías formaban –como en noches anteriores– una pared humana que, junto la ayuda de una barrera de concreto, buscaba desalentar el paso por la calle Fortaleza.

Los policías se mantuvieron como exposición de maniquíes, inmóviles ante gritos y amenazas. Hacia final de la noche, algunos manifestantes inquietos comenzaron a lanzar objetos a los policías, en particular botellas vacías, y algunas aún con agua, aunque la policía no podía tener certeza del contenido.

Cuando Sasha y Yamil bajaron desde la Plaza del Quinto Centenario hasta la esquina de Fortaleza y Del Cristo, ya los ánimos estaban bullendo, y los manifestantes derribaban las barreras físicas que le separaba de los policías. Con sus escudos de Operaciones Tácticas –el nombre de la unidad que antes se conocía como Fuerza de Choque, hasta que buscaron un eufemismo más elegante– formaban la pared viviente. Sasha no aprobaba la provocación innecesaria; pero para Yamil era algo tan reprochable que casi le hace desasociarse con la causa.

Entonces alguien tiró una caja de cohetes en el centro de los policías, disparando fuegos artificiales que terminaron por incendiar la situación. Los oficiales lanzaron gases lacrimógenos, formando una carrera en la multitud por las estrechas calles de la antigua ciudad. Jóvenes que no se amilanaron, en su mayoría con rostros tapados, comenzaron destruir propiedad y quemar basura.

Yamil intentaba que esto no le amargara la noche. Sasha caminaba ligero en ruta de regreso al carro, quejándose por la reacción de los policías, que ha escuchado que meten encubiertos en las manifestaciones para desvirtuarlas, que si esto y lo otro, y Yamil en silencio, sin afirmar, que era su única manera en discutirle.

Por suerte, eso no fue lo último de la noche.

Cuando iban a cruzar la avenida Baldorioty de Castro, desde la Laguna del Condado en dirección a Miramar, Yamil le puso la mano en la parte baja de la espalda, como guiándola mientras cruzaban, una manera poco invasiva de demostrar protección. Ella no se inmutó, es decir, aquello no le era incómodo.

Para Yamil, ese toque valía mil macanazos.

***

.

Ricky ya lo había decidido.

Iba a conseguir una espiritista.

Chancha era ideal.

Jueves

18 de julio de 2019

Algunos estiman que los presentes durante la manifestación de la noche previa podía ascender al medio millón de personas, o una sexta parte de la población del país. El número real es difícil de determinar, ya que no todos los manifestantes estuvieron presentes a la vez, puesto que la protesta se extendió por nueve horas. Idalis y Lurmar contaron haber llegado como a las ocho de la noche, es decir, unas tres horas después que sus amigos, y durante la larga caminata de ida, una multitud regresaba. Temían que ya todo había terminado, pero cuando llegaron, descubrieron que había tanta que gente que no se lograba apreciar las calles adoquinadas, solo las cabezas de la multitud, además de todo lo que elevaban por encima, fuera letreros de protesta o banderas. Según el testimonio de ellas y cientos otros, el flujo de entrada y personas sugiere que, de haber estado todos a la vez, "ni las azoteas hubieran dado abasto", como decía riendo Idalis.

—¿Y cómo te fue anoche con Yamil? —espepitó.

—La pasamos muy bien —respondió Sasha sin captar el contexto de la pregunta— ¿Por qué no llamaron?

—Estuvimos muy ocupadas en la venta de mis galletas

premiadas.

—Me alegro, con esas ganancias puedes invitarme a comer.

—Tengo algo para que comas. Anoche había preparado un paquete para regalarte. Tienes suerte que las dejé en casa, porque si no las habría vendido —Idalis le entregó una bolsa— De "chocolate chip", como te gustan.

Sasha se daba su pase dos o tres veces en semana, y procuraba que su consumo fuera cuidadoso. No le gustaba ingerir pasto de manera comestible. Debido a la lentitud de la digestión, la nota tardaba en llegar, y entonces resultaba muy larga.

Sasha agradeció el regalo. Podrían servirle para alguna ocasión especial con Amador. Aún ella esperaba remedio.

***

Los Plomeros estaban en crisis.

La reunión había comenzado apacible. Cadera, como siempre, era el primero en llegar. Esta vez había traído una bandeja con pedazos de morcilla y queso blanco. Cuando Galillo llegó, encontró a su amigo Coxis mostrando un objeto a Cadera mientras compartía una anécdota. Era un pequeño peluche del personaje de la Pantera Rosa. Galillo lo reconoció.

Cuando Glorivette era una niña, solían llevarla a un pequeño parque de diversiones llamado Felicilandia, cerca del centro comercial San Patricio. Los miércoles, las machinas eran a medio precio y, en ocasiones, iban ambas parejas con la niña, pero muchas veces bastaban Vicente y Huestín. Parte de la salida conllevaba comprar churros en un carrito cercano, atendido por un español que aseguraba la excelencia de su producto.

Las salidas a Felicilandia eran monótonas. Glorivette disfrutaba en los carritos locos, después quería montarse en unos carros que se movían –a través de un riel– por una pista simulando una montaña, y entonces regresaba a los carritos locos, y de vuelta a los carros en la montaña, sin considerar ninguna de las otras ofertas. En una de estas salidas, Vicente y Huestín se empeñaron en competir en una máquina en que debías disparar con un chorro de agua dentro de la boca de un payaso, lo cual llenaba un globo en su cabeza. Si el globo explotaba, ganabas el premio, que era un pequeño peluche de la Pantera Rosa.

Mientras repetían nuevos intentos por ganar, Glorivette se les acercó. Les dijo: "Churros".

Le prometieron que pronto comprarían.

Siguieron compitiendo, ella seguía repitiendo "churros", hasta que descubrieron que la niña de seis años se refería a "churras". No pudo aguantar más y se embarró.

El empleado del quiosco, viendo la situación y compartiendo la pena, les regaló el peluche.

Unas semanas después Huestín notó el muñeco en el zafacón frente la casa de Vicente.

Cuando preguntó al respecto, Vicente le dejé saber que había visto los muñequitos en la televisión. La Pantera Rosa es un varón rosado, y eso le pareció sospechoso. En los cortos animados descubrió que no respeta a la autoridad. Entre sus aventuras presentaban otros cortos con un personaje llamado Inspector Closeau, que es una de las burlas más grande contra los agentes de ley y orden. Son muñequitos subversivos. Es parte de la conspiración de izquierda para imponer en los niños, mediante técnicas subliminales, sus ideales de homosexualidad y actitudes contra la autoridad.

Huestín lució indiferente a la indignación, y pidió quedarse con el muñeco, ya que le era un recuerdo de lo mucho que se rio esa noche con Vicente y Glorivette.

Cadera estaba riendo. Coxis era muy bueno haciendo cuentos, los hacía sonar más grandes de lo que en realidad eran.

Después llegó Tetilla. Hoy su mente, aunque no estaba toda clara, aparentaba mejoría. Su lucidez era suficiente para opinar sobre la manifestación de la noche anterior. Había visto los visuales durante el noticiero mañanero, y opinaba que la policía debió disparar balas reales contra los presentes "como en los buenos tiempos".

Muelas entró junto a Páncreas, siempre con sus gafas oscuras, como si fuera un guardaespaldas de película. El líder de Los Plomeros estaba agitado, y transmitió su disgusto tan pronto llegó.

Su primer comentario fue relacionado a la enormidad de la manifestación. Aún el fanático más duro, estaba obligado a reconocer el tamaño colosal de la multitud presente.

Muelas brindó varias razones para esto, pero podrían resumirse en dos.

Primera razón: Los cuatro Jinetes del Apocalipsis.

Los cuatro Jinetes del Apocalipsis, según quienes estudian la Biblia, son: el hambre, la guerra, la muerte y la conquista.

En la versión de Muelas:

Bad Bunny era el jinete de las drogas, y representaba a toda esta generación de tecatos, que lo único que quieren es meterse el dinero de las becas en sustancias ilegales para entonces, en el éxtasis de su locura de narcóticos, cagar en la bandera americana.

Residente era el jinete de la independencia, que desea liberar a Puerto Rico de toda protección militar y económica, para poder establecer una dictadura donde el estado le arrebata sus propiedades a los ciudadanos honestos, incluyendo esposas y niñas, que son entregadas al palacio para disfrute de los tiranos.

Ricky Martin era el jinete de la perversión. Aquí metió una descarga homofóbica que, aunque se ponga en el contexto de su generación, es demasiado ofensiva para reproducir aquí.

Molusco –una personalidad radial que usó sus medios para invitar al pueblo a unirse en la causa de Ricky Renuncia– era el jinete de la ignorancia. Representaba a los falsos profetas que le comen el cerebro a las masas, invitándolos a pecar y destruir.

Segunda razón:

Fidel Castro estaba detrás de todo esto, con sus infiltrados comunistas –entre ellos, los cuatro jinetes– moviendo al pueblo vulnerable para que derroque el gobierno.

Aquí estuvieron discutiendo un buen rato, recordando los horrores del castrismo que estos jóvenes no conocen, como cuando el gobierno desenterró todos los muertos –pues eran propiedad del estado– para vender las prendas que vestían, triturar el mármol y piedra de las lápidas, y con todo eso construir una palacio a una de las amantes de Fidel.

Las acusaciones de intervención castrista terminaron cuando Coxis les recordó que Fidel Castro no podía ser quien estaba detrás de todo esto, debido al detalle de que llevaba sobre dos años muerto. Entonces dijeron que, bueno, si es Raúl Castro, no cambia nada de lo que dijimos, pues ése es peor. Ahí Coxis dijo que, no, esperen, Raúl renunció el año pasado. Eso es verdad, recuerdo la noticia, indicó Cadera. Trataron de recordar el nombre del actual presidente de Cuba, hasta que decidieron mejor acusar a Venezuela, sí, esto es culpa de Hugo Chávez. Esperen, ése lleva muerto aún más tiempo que Fidel. Bueno, ya, no jodan más, son los comunistas y se acabó.

El asunto es que lo peor estaba por venir. Los Jinetes del Apocalipsis estaban exhortando a un gran paro nacional el próximo lunes. Y todos sabemos lo que significa un paro, les recordó Muelas: Esos son artimañas de las uniones, y las uniones aseguran que su poder se encuentra en el socialismo, y que los socialistas exigen la independencia, y que los independentistas quieren medallas deportivas y canciones de protesta aunque los boricuas tengan que vivir buscando huesos en los zafacones de sus dictadores.

Muelas habló con mayor furia, casi al borde un derrame cerebral: Seguir quejándose no ayudaba. Protestar en privado es patético, aún más si se reclama ser "la mayoría silente". El silencio es complicidad. Tenían que gritar con actos. El legado de tantos años de lucha, para asegurar la unión de Puerto Rico con Estados Unidos, no podía derrumbarse en el ocaso de sus vidas.

Tetilla sugirió que llamaran al contacto de ellos en el FBI, y suministrar los nombres de los anarquistas comunistas ateos homosexuales que deseaban destruir el país.

Cadera les recordó que, quien era su contacto en el Negociado Federal de Investigaciones, ya llevaba treinta años retirado.

Muelas dijo que lo sabía, que ya había hecho esfuerzos de contactar a alguien en el FBI, que finalmente le atendió un oficial administrativo, que dejó saber la disposición de un grupo de ciudadanos para brindar nombres de los manifestantes contra el gobierno, pero le respondieron que no estaban interesados, así a secas, sin siquiera dar las gracias por la oferta. Lo mismo le ocurrió con la Policía de Puerto Rico.

Aquí acordaron la primera acción del grupo: Una carta en directo a Ricky Rosselló, advirtiéndole —entre otras cosas— que los manifestantes eran pagados por el presidente de Venezuela. Esto carecía de lógica o evidencia, pero la lógica y la evidencia nunca han sido obstáculo para las causas mayores.

Entonces Páncreas señaló lo que todos pensaban pero callaban.

Estaban forzados a tomar acción directa.

Hubo un tímido silencio. Sin que Los Plomeros tuvieran que discutirlo, todos estaban de acuerdo en algo: Estaban muy viejos para atacar la propiedad de simpatizantes de la independencia, romperle los cristales a los carros con calcomanía de la bandera de

Puerto Rico, arrancar pasquines de los partidos minoritarios, quemar negocios de socialistas, u otra de las acciones que dominaban para pisotear a quienes merecen ser pisoteados.

Páncreas sabía esto, y ofreció un discurso corto y muy bien articulado. Reconoció la aportación de la generación de sus abuelos, quienes, con sus luchas, lograron resistir el embate de los movimientos traidores a la libertad durante los años de la Unión Soviética. Se presentó como miembro de la nueva generación que continuará la lucha incansable contra los izquierdistas. Ellos tenían las fuerzas físicas y el dominio en comunicaciones necesarios para destruir al movimiento revolucionario. Quedaba –de los veteranos de lucha apoyar– este fresco cuerpo de luchadores.

La idea les encantó. Aunque eso significaba romper el círculo limitado de participantes, le brindaba a Los Plomeros la oportunidad de dejar un valioso legado: Un cuerpo guerrillero que continuaría infligiendo daño a los enemigos de Puerto Rico y los Estados Unidos de América. Los Plomeros se convertirían en los ancianos sabios, sentados en un semicírculo, y desde sus asientos elevados, brindarían consejos e instrucciones finales. Todos avalaron la idea.

Páncreas dijo que aceptaba la encomienda, que tenía la gente para ser reclutada, la lista de equipos tecnológicos necesarios, y hasta los contactos requeridos si se necesitara armas o explosivos.

En cuanto a esto, debía aclarar un detalle.

Páncreas añadió que apreciaba los consejos que ellos brindaran, pero que no era consejos lo que estaba solicitando en ese momento.

Lo que necesitaba era dinero.

Y ahí se revolcó la reunión.

***

Ricky fue confrontado por Romero Barceló de una manera tan súbita que no le dio tiempo de cerrar los ojos antes de ver la figura espeluznante que, entre sus muslos, se bamboleaba como un péndulo en ventolera, una tira delgada de carne con su abominable bellota doble.

—¿Qué es esto que escucho de que buscas una espiritista? —reclamó Romero Barceló.

Ricky refugió la vista en los ojos de Reina. No importa cuánto la operaran, seguía siendo una perra que disfrutaba de que le acariciaran detrás de las orejas, mientras tuerce la lengua para alcanzar la mano de su encargado.

—Necesito encontrar a alguien —explicó Ricky.

—¿Seguro que no es para sacarme de aquí? —cuestionó Romero.

Ricky recordó una película que le encantaba de niño; la vio tantas veces, que el VHS no toleró el abuso y se partió dentro de la máquina. Ricky tenía que hacer la pregunta, como la dice, de manera juguetona, todo el que menciona esta comedia de los 80:

—"Who you gonna call?"

Romero lo miró extrañado.

—¿Le estás hablando a la perra?

—Olvídalo —respondió desencantado —No es para botarte. Lo que quiero es comunicarme con un espíritu que no veo hace mucho.

–¿El taíno?

–Cabucoana.

–No sé para qué lo necesitas. Me caen muy bien los taínos, pero Cabucoana es un poco apagado. Esa no es la palabra que busco. La palabra es ma...

–¿Mamón? –interrumpió Ricky.

–Manso, la palabra es manso. No sé para qué lo quieres, le falta la agresividad que esta situación necesita. Tienes que aplastar a los estudiantes universitarios.

Ricky sabía esto, y lo creía con certeza: la Universidad de Puerto Rico era el criadero de disidencia en el país. Por eso había reducido el presupuesto de la universidad, bajo el pretexto de que tenía que acatar las directrices de la Junta Fiscal. Era imperativo, para asegurar el poder a largo plazo, que se debilitara de una vez el nocivo sistema universitario.

–Lo sé –aseguró Ricky –El problema es que en las manifestaciones hemos visto personas de todas las edades, diversos grados de educación, y partidos políticos.

–¡Eso es lo que quieren que todos creamos! Cuando busques, vas a ver que son manganzones independentistas, mantenidos por los Populares para alejar nuestra unión permanente a Estados Unidos. Aprende de la historia, y aprende de mí.

–Quiero de todas maneras hablar con Cabucoana –dijo Ricky.

–Eres testarudo, como tu padre. ¿Pensabas llamar a alguien específico?

–Estaba pensando en Chancha.

Romero quedó varios segundos en silencio contemplativo.

–Ella no es espiritista. No le gusta que la llamen así –indicó Romero–. Tampoco quiere que le digan bruja, aunque haga hechizos y demuestre poderes por encima de la naturaleza.

–Lo que sea –respondió con indiferencia.

Para Ricky, todo el que bregara con lo sobrenatural –se quiera llamar santero, médium o psíquico– era espiritista, y punto.

–Estaré fuera de aquí un tiempo. Si veo a Cabucoana, le digo que lo estás buscando.

–¿Dónde estarás?

–Trabajando para el país, la estadidad, el PNP y para ti.

–¿Cómo?

–Estaré por toda la isla hablando con los caballos.

Ricky sabía que los animales pueden ver a los espíritus y comunicarse con ellos. Aun así, Ricky no veía el propósito del esfuerzo de Romero Barceló.

–¿Qué propones lograr? –cuestionó Ricky.

–Están planificando una cabalgata para protestar mañana viernes –explicó Romero–. Le hablaré a todos los caballos de la isla sobre las bendiciones que promete nuestro partido. Conocerán que la estadidad es para los pobres, y para los caballos. Sabrán que con nosotros se garantiza la ciudadanía americana.

–Suerte entonces. Que la estadidad te acompañe.

Romero sonrió y desapareció.

Ricky le habló con pesadumbre a Reina.

–Los caballos no son universitarios.

Reina entendió claro: Ricky sabía que no podía acusar a los usuales chivos expiatorios de lo que ocurría.

El gran talento de los perros, es que saben cómo animar a su compañero humano.

–¡Ghostbusters! –exclamó Reina alegre.

Ricky rio y restregó su cara con la de ella.

Fue uno de sus pocos segundos felices durante estos días.

***

El activismo político de los estudiantes universitarios no debe menospreciarse como mero idealismo pasajero de la juventud. Esto sería ignorar que, históricamente, son los más afectados por la situación colonial de la isla.

A ellos les tocaba ser carne de cañón.

En 1964, los Estados Unidos se envolvió en la Guerra de Vietnam. Explicar los detalles de este conflicto nos alejaría mucho de nuestra historia central, pero digamos que se considera como el fiasco más grande en la historia de los United States of America, quedando finalistas la búsqueda de armas nucleares en Iraq, la llamada Guerra contra las Drogas, y todos los discos de Madonna después de "Like a Prayer". El único beneficio de la guerra –y esto es debatible– son las películas de Rambo.

En aquel tiempo, regía el servicio militar obligatorio. Y a quienes llamaban a servir en esta guerra infame y mortal, en contra de su voluntad, era a los jóvenes en edad de universitarios. Para colmo, era una guerra declarada por políticos que ellos ni siquiera tenían la oportunidad de escoger. Cerca de trescientos boricuas murieron en el conflicto. Puerto Rico sufrió más bajas que otros catorce estados de la unión.

Este rechazo de los jóvenes hacia la guerra no era exclusivo de Puerto Rico. En diversas universidades de los Estados Unidos, manifestaciones pacíficas terminaron en desgracias, destacándose la masacre de la Universidad de Kent State, cuando la Guardia Nacional disparó contra los estudiantes desarmados, dando muerte a cuatro de ellos. En varias universidades surgían expresiones de rechazo, y algunos actos eran extremos, tales como la quema del edificio del ROTC dentro de las facilidades universitarias, algo que ocurrió en Kent días antes de la masacre, así como en la Universidad de Rutgers en Nueva Jersey y en la prestigiosa Universidad de Yale. También en la Universidad de Puerto Rico en Río Piedras.

El ROTC ("Reserve Officer Training Corps" o lo que los opositores llamaban "Reservamos Orificios para Tratos Carnales") es un programa militar que se originó a comienzos del pasado siglo, permitiendo que quienes aspiraran a carrera militar después de universidad, pudieran adelantar su preparación.

Aquí están los dos bandos del debate. El programa es voluntario, así que a quien no le guste, pues que no participe. Otros no lo ven como libertad, sino por el contrario: la imposición de presencia militar en un espacio diseñado para aprendizaje. Dedicarles un edificio, tener estudiantes en uniforme en las facilidades, celebrar marchas y ceremonias militares en el campus, practicar el tiro al blanco en los terrenos; todo era una forma de propaganda militar, una estrategia para "normalizar" el ejército como parte del diario vivir.

El debate ser tornó violento cuando una mañana de septiembre en el año 1969, el joven Feliciano Grafals fue declarado culpable por negarse a servir en el ejercito de los Estados Unidos. Varios estudiantes, siguiendo el llamado de líderes estudiantiles de grupos socialistas e independentistas, decidieron –en represalia– quemar el edificio del ROTC en el recinto de Río Piedras. Cuando los bomberos intentaron controlar el fuego, fueron agredidos y tuvieron que abandonar el carro de bombas. Usando las escaleras y hachas de los apagafuegos, los manifestantes destrozaron las letras que nombraban el edificio como la sede del ROTC.

Digamos que esto no fue muy positivo para la imagen de los estudiantes. Estos actos los asociaron con el independentismo, el socialismo, y los estudiantes universitarios en general. La preocupación de muchos es que estos eran actos antiamericanos, lo cual es absurdo porque, primero: en Estados Unidos también protestaban en decenas de universidades y, segundo: las posturas y actos no hay que clasificarlos como "antiamericano" o "proamericanos", de la misma manera que si alguien en esa época – o ésta– muestra desacuerdo con Cuba o Venezuela, no se le tilda de "anticubano" o "antivenezolano". Parecería que "americano" –es decir, "estadounidense"– es un principio moral.

Ante el agravio de este acto "antiamericano", la extrema derecha no se quedó con los brazos cruzados. Semanas después, mortificados por el agravante de un reporte del Comité de Estudios Académicos que recomendaba la salida del ROTC, los cadetes y sus padres, siguiendo las órdenes de un senador del PNP de apellido Palerm, se reunieron con el fin de defender la preparación militar.

Entre las personas externas a la universidad que participaban del grupo se encontraban Vicente y Huestín. Ambos habían regresado de la guerra de Vietnam, y repudiaban que una pila de vagos mantenidos pretendiera que otros fueran los únicos en arriesgar la vida por la libertad y la patria, y que para colmo promovieran la independencia, que es lo que quieren esos asesinos sádicos de los comunistas. Excitados por su propia turba, caminaron hasta el pueblo de Río Piedras e incendiaron las oficinas del Movimiento Pro Independencia. La policía, en lugar de frenar el ataque, agitaba a los presentes, y hasta ayudaron en la preparación de cocteles molotov. Estos no eran estudiantes exaltados con el "idealismo pasajero de la juventud". Eran adultos operando de manera calculada y destructora, incluyendo líderes del gobierno.

Entre los afectados, se encontraba Carlos Gallisá, quien fue uno de los líderes del partido socialista, un activista por los pobres, y un analista político muy reconocido. Gallisá recibió múltiples macanazos que le causaron heridas y contusiones en la cabeza. Años después, su bufete fue objeto de una bomba. El último ataque había ocurrido después que falleció de cáncer, durante los días del chat del gobernador. Cuando Ricky y sus compañeros discuten la manera de rendir respeto a la muerte del líder independentista, las bromas giran alrededor de por cuánto tiempo mantener las banderas a media asta, con alguien sugiriendo quince minutos.

Esa noche de la agresión en Río Piedras, varios adultos que compartieron de la destrucción, decidieron seguir trabajando juntos en defensa del país. Así nació Los Plomeros.

Después de los incidentes del 1969, la controversia en cuanto el ROTC seguiría creando encontronazos en la universidad, con desenlaces trágicos durante los siguientes dos años.

Para el gobierno, los estudiantes eran una amenaza comunista. Así que la policía se había asegurado de adentrarse en las aulas con sus propios estudiantes en forma de agentes encubiertos.

***

Yamil estuvo en las redes mirando veinte veces las mismas fotos de Sasha.

Después se pudo a mirar vídeos y fotos de la noche previa.

La Unión de Libertades Cívicas, que se encontraba presente durante las manifestaciones, aseguraba que había agentes encubiertos entre quienes protestaban, y que fueron los provocadores de los disturbios ocurridos cuando lanzaron pirotecnia.

Yamil, como siempre, se mortificó por esas acusaciones infundadas. Todos los encapuchados con que se cruzó esa noche, cumplían con su estereotipo de cuerpos inservibles para la administración de la ley y el orden.

Miró un vídeo en particular varias veces, en que unos

encapuchados encendían los cohetes que generaron el desorden.

Tenían cuerpos de anabólicos, y pantalones tipo "cargo", usados por los policías.

"Carajo", pensó desencantado.

***

Sasha regresó esa noche a las manifestaciones, por cuenta propia, sin avisar a sus amistades. Quería estar sola entre la muchedumbre. Tenía mucho en qué pensar.

Sus acciones esa noche le causarían un duro agravio a Vicente en la mañana siguiente.

Viernes

19 de julio de 2019

Vicente estudió con tristeza su cacerola de la suerte. Había amanecido inservible. Estaba abollada, con hendiduras en el fondo y el costado, como si le hubieran golpeado con fuerza usando un cucharón de metal, para causar el mayor ruido posible; que era exactamente lo que le había pasado.

Sasha, la noche anterior, se había llevado la cacerola y el cucharón, todo asegurado dentro de su mochila. La cacerola se convirtió en un instrumento de lucha y expresión, así que quienes se reunían en la esquina de la calle Fortaleza, cargaban su versión casera de un tambor de metal. Los cacerolazos permitían que, aún quienes no podían estar en las calles del Viejo San Juan, pudieran ser participantes. A las ocho de la noche, se asomaban a sus balcones, haciendo ruido con la cacerola y el cucharón, como avisando a los vaqueros que el banquete está preparado.

Esa noche, se celebraría un gran cacerolazo frente a Fortaleza. Así que Sasha quiso practicar desde la noche anterior. Tan tan tan tan tan.

Cuando Vicente le confrontó, Sasha confesó que había usado la cacerola para protestar, que no había considerado la debilidad de la pieza por el tiempo, y que por la oscuridad de la noche no pudo percatarse de los daños hasta ahora.

Sasha se alivió cuando su abuelo se alegró; que si era con esos fines, pues adelante. Incrédula, le dio un beso y se marchó antes que cambiara de opinión. Ella desconocía que el cacerolazo, como modo de protesta, se originó casi cincuenta años antes, cuando el pueblo chileno, hastiado por la escasez de comestibles para llenar sus sartenes y ollas, sonaba cada noche sus cacerolas vacías. Se dice que Estados Unidos transportó miles de cacerolas a Chile para cumplir con la demanda, y así asegurar el éxito de la histórica Marcha de las Cacerolas Vacías contra el gobierno izquierdista de Salvador Allende.

Entendiendo Vicente que la protesta de las cacerolas es un instrumento de la derecha, interpretó que su nieta había entrado en razón, y que ahora protestaba contra los manifestantes.

No hubo oportunidad de aclarar el malentendido. Sasha leyó un mensaje en su celular, corrió a su cuarto y se preparó. Amador había pedido verla.

Sasha se despidió y salió a encontrarse con su novio o su amigo o su fuckbuddy o su jevito, lo que sea.

***

Ricky decidió ignorar los esfuerzos por removerlo del puesto de gobernador. Se enfocaría en la labor que debía realizar, en ejecutar el plan, en seguir su norte. Es decir, hacerse el pendejo.

Su gabinete estaba enfermo de contracción crónica, así que ese día, escogió dos personas para ser tripulantes del barco en medio del naufragio. Compartió las fotos en las redes. En ellas, aparecía, charlando aparte con cada uno de los promovidos. La gente notó – sin ninguna dificultad– el montaje de las fotos, pues tanto las sombras, como los papeles en la mesa, mantenían el mismo lugar. Es decir, no eran conversaciones genuinas con sus nuevos miembros de gabinete, sino un "siéntate tú ahora, míralo como que explicas algo, ahora Ricky mira pensativo, como reflexionando sobre lo que te dicen, ok, aguanten, digan cheese, no, espera, no digan nada, voy, ya".

Ricky luchó por no desanimarse. El Colegio de Abogados había anticipado que había violaciones éticas y legales en el chat. Pero esos son unos comunistas, no se les puede hacer caso. No me van a residenciar, seguiré siendo gobernador.

Trató de animarse con la noticia de que su gente por fin se levantaba para defenderlo. Habían pautado una manifestación de apoyo frente al Capitolio, la cual se celebraría esta tarde. Estaba impaciente por ver una multitud –noble y sensata– que exigiera que completara su valiosa obra.

Necesitaba la energía de esa gente.

También necesitaba que los ofendidos se cansaran.

Y que aparezca Cabucoana.

Justo pensaba esto cuando un empleado de confianza le susurró al oído que ya habían conseguido a Chancha, pero que no puede venir de Nueva York hasta dentro de varios días.

Ojalá pueda resistir hasta entonces, pensó Ricky.

***

Sasha no podía creer lo que Amador le había propuesto.

Ella jamás había visitado su oficina, por las mismas restricciones que solía poner a sus encuentros. Siempre imaginó un lugar más ostentoso, pero no era más que el segundo piso de una casa residencial, donde una recepcionista interceptaba llamadas, unos tres jóvenes trabajan en computadoras en un espacio compartido, mientras que en una oficina privada, Amador manejaba sus negocios, entre montañas de papeles y carpetas.

Ella se sentó en la silla al lado opuesto del escritorio.

–¿Vamos a simular otra entrevista? –preguntó Sasha, aún mortificada con el recuerdo.

. –Casi. Te quiero ofrecer empleo.

–¿Aquí contigo?

–Aquí conmigo.

–Me tendrías que ver todos los días.

–Eso me encantaría.

–¿Lo dices en serio?

–Después que sugerí no vernos, se me ocurrió este remedio. En realidad, tenemos mucho trabajo. Tus talentos me ayudarían mucho en estos momentos. ¿Aceptas?

Sasha miró alrededor tratando de concluir la respuesta a la pregunta que iba a hacer.

–¿Qué hacen aquí?

–Manejo contratos de muchos tipos.

–No me gusta tu vagancia cuando contestas.

–Ahora mismo estoy envuelto en un proyecto en las redes, y eres muy diestra en eso.

–Me encanta, ¿por qué no me habías hablado de esto antes?

Amador no llegó a contestarle porque, de momento, una posibilidad invadió la mente de Sasha.

–¿Es para el gobierno? –preguntó ella.

–Sí, puede decirse que sí.

Esto fue un golpe frío para Sasha.

Una de las artimañas que aparecen expuestas en el chat es el uso de las redes sociales para manipular la opinión pública, contratando supuestos "influencers" que habían demostrado la capacidad de volverse virales. También se creaban muchas cuentas falsas que participaban en los foros más activos. Estudiaban los hashtags más populares del momento. Analizaban el tipo de meme que funcionaba, y se mantenían creando contenido para afectar percepciones y atacar a rivales. Mucho de esto se manejaba desde una compañía de publicidad. También se alegaba que la tarea de manipulaciones se distribuía entre varios contratistas, y que diluían este servicio dentro de otros contratos más grandes que recibían del gobierno.

Resulta que Amador era uno de ellos.

–Sabes que estoy contra el gobierno –respondió ella.

–La gente siempre está contra el gobierno –dijo Amador, restándole importancia.

–No voy a crear contenido defendiendo al gobierno.

–¿Por qué no? Te voy a pagar por tu trabajo.

–Quiero que Ricky se vaya.

–¿En serio sigues con eso? ¿Todo por un chat?

Esto siempre la ponía rabiosa. Volvió a explicar que no se trata del chat, sino de lo que representa: el abuso del poder, los empleos por amiguismos, la corrupción. Todo eso debía acabar.

Amador esperó a que ella terminara su descarga y botara un poco su indignación.

–¿Tu abuelo no trabajaba en el gobierno?

Sasha no esperaba eso.

–¿Qué tiene eso que ver?

–Quiero que veas que presto atención cuando me hablas. Trabajó en el Departamento de Educación, ¿correcto?

–Eso es cierto.

–Al igual que tu abuela, tu padrino, tu madrina.

–Ellos no tienen nada que ver con esto.

–Te haré una pregunta, para que veas la relación. ¿Se conocieron en el trabajo, o antes de entrar allí?

Cuando contestó que se conocían desde antes, Amador sonrió victorioso.

–¿Crees que el primero que entró le consiguió empleo a los demás?

Sasha no había pensado en esto. Amador continuó:

–Nunca has visto un clasificado para una posición en el gobierno. Siempre se han conseguido los empleos por referencias y amiguismos, sin importar que haya personas mejor preparadas. La mayoría de la gente que está protestando hace lo mismo.

–¿Dices que soy una hipócrita?

–No te molestó que te ofreciera el empleo solo porque te conozco, ¿cierto?

Sasha se sintió estúpida; era una torpeza haber caído en esta trampa.

–Lo que quiero decir –explicó Amador –es que es normal buscar personas en las que confiamos para puestos en empresas. Conocer los defectos y virtudes de alguien cercano, vence cualquier impresión actuada por un candidato en una entrevista de treinta minutos. Lo mismo para ofrecer contratos. No entiendo cómo la gente puede criticar con tanta pasión algo que todos ellos hacen; a ellos no les molesta cuando son los beneficiados.

Sasha no estaba preparada para argumentar todo esto, pero su decisión no tambaleaba.

–No voy a hacerlo.

–Esto es increíble. Si no lo haces tú, lo hará otra persona. No cambia nada.

–Hace diferencia para mí.

–Eres joven e idealista. Un día cambiarás de opinión.

–Hoy no es ese día –respondió ella mientras se levantaba.

–Recuerda a tus abuelos y padrinos –atacó Amador –Esto

siempre ha sido así.

–Pues esto tiene que cambiar.

Sin despedirse, abandonó la oficina.

***

Sabemos que Amador tiene amigos en el PNP. Hemos tratado de mantener en un mínimo la mención de estas tres letras en nuestra historia ya que, en muchos lectores, estas iniciales levantan pasiones, acusaciones de imparcialidad, y aire de victimización.

No que sean sentimientos del todo injustificados.

Aquí entran otros dos elementos que hemos mencionado: Cuba, y la policía.

Empecemos con:

Fue un 25 de julio.

Bueno, disculpen: Cuba y Puerto Rico –aunque parecidos por su geografía caribeña, genética mixta, y personalidades de fiesteros– tienen sus leves diferencias, así que corrijo:

Fue un 26 de julio.

En esa fecha del año 1953, un joven de 25 años, junto a un grupo de rebeldes, atacó una de las bases militares más importantes de Cuba, conocida como el Cuartel Moncada.

El joven se llamaba Fidel Castro. El ataque fue tan admirado en el pueblo, que el grupo se hizo llamar Movimiento 26 de Julio. Después de arrestos, prisión, perdón, exilio a México, regresó a su país, ocultarse en las montañas, ataques de guerrilla e inspirar al

164

pueblo a la insurrección, en poco más de seis años logró que el dictador de la isla huyera.

Hay que recordar que esto fue celebrado por todos los cubanos en aquel momento, y por razones de peso.

Cuando se le concedió la independencia a Cuba, los americanos se aseguraron de dejar el pie dentro. La Constitución incorporaba la Enmienda Platt, la cual permitía a Estados Unidos intervenir, si así lo creía necesario, "para proteger la vida, la libertad y los bienes" del país. Esto explica la ironía de la presencia de una base militar en Cuba.

Los Estados Unidos, además, procuraron mantener los beneficios económicos. Además de controlar la mitad de la gigantesca industria azucarera, casi todo el servicio eléctrico y telefónico les pertenecía, así como gran parte de la refinería de petróleo y la totalidad de la producción de níquel. También mantenían hoteles y casinos idóneos para el lavado de dinero. El gobierno dictatorial se mantenía en el poder con abusos contra el pueblo y robo descarado de las riquezas, pero el arreglo funcionaba para los intereses de Tío Sam.

La celebración por la victoria de los revolucionarios no duró mucho. Fidel Castro comenzó a mostrar tendencias comunistas. Siempre se ha debatido cuánto Estados Unidos lo presionó al extremismo, pues cuando decidieron retirarle las compras de azúcar y petróleo, Castro aseguró un cliente sustituto con la Unión Soviética.

El terror humano comenzó con los llamados juicios

revolucionarios contra cualquier persona que hubiera estado relacionada a la dictadura de Fulgencio Batista. Che Guevara, uno de los líderes del Movimiento 26 de Julio, dirigió estos juicios de corte circense por los cuales se fusiló a medio millar de personas en un período de cuatro meses. Este hombre es, por ironía, símbolo de admiración para gente que supuestamente lucha por el derecho a la vida y la libertad.

El gobierno cubano justificó la nacionalización de varias industrias que, desde su interpretación histórica, habían sido secuestradas por los Estados Unidos. Pero no se detuvo allí. Pronto estaban expropiando fincas y negocios a civiles cubanos habían levantado con sacrificio y trabajo honesto.

Ya aquí, el sentimiento de traición en el pueblo creció. Los revolucionarios, que eran expertos en comprender el peligro de la disidencia, controlaban cualquier insurrección con arrestos inmediatos y largas condenas en prisión. Los opositores que pudieron, abandonaron el país.

Cuba había pasado de una dictadura a otra muy diferente.

Un evento así, sería rechazado por el mundo entero pero, de nuevo, todo depende del contexto histórico. Desde otro punto de vista, lo que había pasado era esto: Aunque Estados Unidos asegura el tipo de gobierno que le conviene en la región latinoamericana, no hay que tenerles miedo. El pueblo puede rebelarse, derrocar al gobierno corrupto, y oponerse a ser ficha de los Estados Unidos. Muchos no permitían que esta inspiración se las arruinara unos fusilamientitos.

En Puerto Rico, la revolución ocurría, pocos años después, en nuestro estilo peculiar: Con un bochinche de telenovela.

El Partido Popular había dominado el poder de la isla durante veinte años. Luis Muñoz Marín había gobernado durante casi todo ese tiempo; en el último cuatrienio, el puesto mayor lo ocupó Roberto Sánchez Vilella. Pero el nuevo mandatario perdió el favor del fundador del Partido Popular: Sánchez Vilella se divorció de su esposa –después de treinta años de matrimonio– cuando se enamoró de la hija de Ernesto Ramos Antonini, ex presidente de la Cámara y uno de los fundadores del partido.

Sánchez Vilella, mortificado con tanto juicio sobre su vida personal, fundó el Partido del Pueblo. Como ya hemos mencionado, la estrategia más poderosa contra un enemigo, es lograr que se divida. Y en este caso, se dividieron por su propia cuenta. El camino quedó limpio para que Luis A. Ferré, fundador del PNP, se convirtiera, en 1968, en el primer gobernador estadista de la isla.

El pánico en los independentistas llegó a paranoia extrema. La percepción era que el gobierno iba –como dicen– a meter la estadidad por la cocina. La expresión no estaba del todo mal, porque los estadistas empujaban la estadidad apelando al estómago de los votantes. Pero más que nada, recurrían al miedo. Y el miedo favorito de Ferré –nunca se cansó de mencionarlo– y de todos los que apoyaban la estadidad, es que "no queremos acabar como Cuba". El Cuco de no apoyar la estadidad, era Cuba, y el monstruo del comunismo.

Los independentistas actuaron también con su propio grado de irracionalidad.

Hay un dicho que establece que "el enemigo de mi enemigo, es mi amigo". Como la Cuba comunista era enemigo de los Estados Unidos, y muchos nacionalistas consideraban a Estados Unidos enemigo de la causa independentista, entonces –por tanto– hay que apoyar a Cuba comunista.

Esto no era así para todo el movimiento; siempre hay gente con la capacidad de discernir que el mundo no es binario y que, inclusive, puedes estar en contra de dos gobiernos que abusen de su poder. El ideal independentista sufría de las mismas divisiones. El PIP aspiraba a su ilusión por los mecanismos vigentes. El MPI creía en las luchas tradicionales nacionalistas, y más adelante se convirtió en el PSP –Partido Socialista Puertorriqueño–, ya con apoyo abierto al modelo comunista y a Fidel Castro.

La ironía mayor es que los independentistas –de todas sus vertientes– se unieron contra otro "enemigo de mi enemigo". Como el PNP era la amenaza mayor contra su aspiración, comenzaron a apoyar al Partido Popular, creando el fenómeno de "los melones", es decir, verdes (color de los independentistas) por fuera, pero rojos (color de Populares) por dentro. Esto es una gran ironía histórica, puesto que fue el partido que traicionó al ideal independentista, y que se ocupó en aplastar a los nacionalistas.

Por otro lado, los cubanos exiliados tenían sus propias luchas. Años antes, un grupo de civiles fueron entrenados por el ejército de Estados Unidos para que invadieran Cuba. En lo que se conoció como el fiasco de Bahía de Cochinos, los exiliados desembarcaron en la isla y fueron enfrentados por el ejército. Parte del plan era que Estados Unidos los ayudara con apoyo aéreo, pero los aviones nunca llegaron. El presidente demócrata John F. Kennedy había cambiado de parecer en medio de la misión, y los dejó abandonados a un futuro de décadas en prisiones cubanas.

Así que el exilio cubano –muchos de ellos entrenados por el gobierno de Estados Unidos– reorientaron parte de su odio contra los demócratas. Y como no podían pelear contra el gobierno de Castro, lucharían contra cualquiera que apoyara a Cuba comunista. El exilio cubano en Puerto Rico necesitaba un rostro para el enemigo, y ése era los independentistas, fueran comunistas o no.

El país se dividió en dos grandes facciones de "enemigos de mis enemigos son mis amigos". En un bando: Independentistas y todo lo que cayera por asociación –socialistas, comunistas, liberales, unionados, estudiantes universitarios– y en fin, todo el que protestara. En el otro bando: Los PNP, los estadistas, la policía, el gobierno federal, los exiliados cubanos y la ultraderecha. Y desde afuera, los Populares en su propio bando de "tirar la piedra y esconder la mano".

Terminamos esta pausa, porque nos avisan que Muelas va a compartir, con Los Plomeros, un cuento conmovedor.

***

Muelas hizo un cuento conmovedor.

Cuando su hijo era pequeño, lo llevó a una grabación del

programa infantil de Pacheco.

Pacheco era un personaje creado por el español Joaquín Monserrat, quien con pinta inspirada por Buster Keaton, su apacible personalidad y su paciencia infinita hacia los pequeños, se convirtió en una de las personalidades más amadas del país. Su dedicación a esfuerzos como los telemaratones contra la distrofia muscular, las bicicletadas familiares y los deportes infantiles, lo elevan casi a santo de la isla.

Pacheco tenía un programa para niños a las tres de la tarde. El formato de "Cine Recreo con Pacheco" variaba en días alternos. Unos días, frente a un fondo donde se veía la casa de Los Picapiedras, Pacheco leía correspondencia y mostraba los dibujos que los niños le enviaban por correo, muchos de los cuales no merecían siquiera colgarse en la nevera de los propios padres del niño, pero Pacheco les hacía sentir tan importantes, que hasta en una ocasión celebró una galería con los dibujos que había recibido.

Muelas Junior envió un dibujo, pero nunca lo mostraron al aire. Un policía estaba disparando a la cabeza de un pelú que cargaba un letrero. Muelas –el padre– no entendió porque no compartieron el dibujo, pues era impresionante el detalle de la masa encefálica volando por el lado opuesto de la cabeza del comunista. No era un dibujo perfecto, pero considerando que el artista tenía solo siete años de edad, había que evaluarlo como obra maestra.

En los días que Pacheco no presentaba dibujos, el animador infantil interaccionaba con niños que visitaban el estudio de grabación. Pacheco tenía sus rutinas. Por ejemplo, buscaba un niño de edad estimada para su chiste favorito. Cuando el menor contestaba que su edad era cuatro años, Pacheco le respondía "Cuatro, el canal del gato", que era el lema del canal por el cual se transmitía su programa. Los niños reían porque el humano, desde sus comienzos en la vida, identifica las reacciones necesarias para encajar socialmente.

La pregunta favorita de Pacheco a los niños era: ¿Qué quieres ser cuando seas grande?

La respuesta de rigor de las niñas era maestra. Eso era una perspectiva positiva de las mujeres: Un futuro de educación.

En el caso de los varones, parecían limitarse a dos opciones: Policías o bomberos. Esto nos adelanta la visión pesimista de los varones, que anticipaban un futuro donde abundaría el crimen y los incendios.

Pacheco le preguntó a Muelas Junior qué deseaba ser cuando fuera grande.

—Policía.

—Muy bien.

—Para matar a los comunistas.

—¡Uno, dos y tres! ¡Cámara por favor! —exclamó Pacheco hacia la pantalla, que era su manera de pedirle al productor que pasara con Pedro Picapiedra metiendo a Pablo Mármol (alias "Enano") en un nuevo problema.

Muelas Junior logró su ambición a medias. Llegó a ser policía, como había soñado. Pero no mató a ningún comunista.

El hijo de Muelas fue asesinado cerca de un punto de drogas.

Nunca se enteró de que su hijo aceptaba dinero para alertar a los dueños del punto, y que por insistir en una partida mayor, fue ultimado a balazos. Una muerte estúpida por un motivo necio. Muelas, construyendo su propia realidad, siempre narraba con certeza que su hijo había sido asesinado cuando intervino con unos jóvenes comprando marihuana, y que ustedes saben que quienes fuman marihuana son los pelús universitarios y los negros y los homosexuales, y todos sabemos que toda esa gente es comunista.

Nadie le discutía.

***

Para Los Plomeros nunca había fallo en los excesos de policía, aún con la tragedia que ocurrió unos meses después del incidente por el que se habían conocido. No sería la primera muerte a causa del uso de armas de fuegos para detener manifestaciones: Poco más de dos años antes, un taxista había muerto de un balazo en la espalda mientras, esperando a que su hijo terminara sus clases, observaba un motín entre estudiantes estadistas e independentistas. Este crimen quedó impune. La diferencia con la muerte ocurrida el 4 de marzo de 1970, es que ahora la policía no podía alegar pretextos de balas perdidas.

Los universitarios no se habían rendido en su lucha por sacar al ROTC del recinto de Río Piedras. Durante la mañana, una organización de mujeres independentistas marchó en una protesta pacífica. Cientos de curiosos les acompañaron hasta el frente del

ROTC, desde donde los cadetes observaban atentos. Terminada la manifestación, la situación se tornó violenta, escalando de manera lamentable.

Comenzó un intercambio de pedradas entre algunos presentes y los cadetes. Como siempre ocurre en estas situaciones, nunca queda claro "quién empezó", con cada lado acusando al otro. Lo cierto es que los cadetes tiraban piedras desde la azotea y las ventanas, evidenciando sus preparativos para el evento. También disparaban perdigones.

Demostrando cierta preparación también del bando de quienes protestaban, llegó un carro con dos cajas de cervezas llenas de cocteles molotov. El propósito de calcinar el edificio del ROTC seguía vigente. Volvieron a prenderlo en llamas.

El presidente de la universidad le pidió a la policía que interviniera. La Fuerza de Choque entró por lo que se considera la parte trasera de la universidad, y fue avanzando como una ola destructora, arrastrando todo lo humano que encontrara. La policía entró hasta en salones de clases, y sacó a empujones tanto a estudiantes como profesores. Así siguieron hasta salir por la entrada principal del recinto, frente a la icónica torre que simboliza a este prestigioso centro de estudios. Los expulsados, se movieron hacia las calles donde meses antes había ocurrido la quema maliciosa de las oficinas del MPI. Desde allí mostraban su molestia lanzando piedras. La policía ya había cumplido su asignación de remover a todos los estudiantes de las facilidades universitarias. En lugar de retirarse, decidieron ir tras los jóvenes.

ALEXIS SEBASTIÁN MÉNDEZ

Las pedradas continuaban. Un chino aterrizó en el ojo izquierdo de Edwin Rivera Sierra, quien años después sería famoso como el pintoresco alcalde de Cataño, mejor conocido como El Amolao. Esto lo llevó a pensionarse de la policía, y lo forzó a explicar durante años que su personalidad peculiar era por nacimiento, no porque haya quedado loco por aquella pedrada que le hizo exclamar por primera vez: "Esto se jodió".

La policía dominó las calles, y los manifestantes corrían huyendo a la furia de la Fuerza de Choque.

Una muchacha de nombre Antonia Martínez, que había estado curioseando con dos amigas desde la calle frente la universidad, regresaba apresurada a su hospedaje para protegerse del caos que se movía por calles de Río Piedras. Unos jóvenes –entre los cuales se encontraban miembros del futuro Conjunto Quisqueya– les invitaron a refugiarse del peligro en su hospedaje, localizado en un segundo piso, encima de lo que, en este verano de Ricky, se conoce como Librería Norberto González.

El grupo observaba desde el balcón la actividad en la calle. Ya los estudiantes se habían esparcido y refugiado, pero uno de ellos tuvo un percance: Se le atoró el pie en una alcantarilla. Varios miembros de la Fuerza de Choque comenzaron a golpearlo con sus macanas.

Los testigos, viendo este atropello, comenzaron a gritarle a los policías, acusándoles de abusadores y asesinos.

Y como queriendo darle aún más la razón a los jóvenes, uno de los policías sacó su arma y la levantó.

La reacción pudo haber sido más rápida. Pero los presentes supusieron que se disponía a agitar la pistola de manera intimidante, o quizás hasta dar un tiro de advertencia al cielo. No sería capaz de apuntar hacia ellos y dispararles.

Pero eso hizo.

La bala primero hirió en el cuello a un joven llamado Celestino Santiago, quien se libró de la muerte por fracciones de un centímetro. Como si se le hubiera escapado a la muerte, el destino final lo alcanzó dos años más tarde, cuando falleció ahogado en el festival Mar y Sol, un histórico concierto celebrado en la playa entre Vega Baja y Manatí, y que aspiraba a ser "el Woodstock boricua".

Esta noche, la muerte agarró a otra persona en el balcón.

La bala siguió su trayecto y entró por la sien de Antonia. La inocente joven de veinte años, con solo cuatro meses para graduarse como maestra, cayó inconsciente. Los estudiantes gritaron pidiendo ayuda a los policías, quienes respondieron que, si querían, ellos mismos podían bajarla. La cargaron y lograron transportarla hasta el hospital, donde murió dos horas más tarde, su vida perdida sin remedio ni razón.

Antonia no había participado en las manifestaciones. Se declaraba pacifista. En sus últimos momentos en el balcón, ni siquiera agredió verbalmente a los policías.

Antonia, en cambio, era independentista.

Otra indeseable.

Nadie pagó por este acto de maldad.

Otro crimen impune por la policía.

***

Nadie fue a la manifestación a favor de Rosselló.

Nadie.

Ni siquiera el dueño de la idea, quien quiera que haya sido.

En cambio, la cabalgata contra Ricky Rosselló fue muy concurrida. Como podemos imaginar, también fue un mierdero, muy a tono con la situación que atravesaba el gobernador.

El fantasma de Romero Barceló se mantenía cerca, como si nada hubiera pasado.

—Entendí que ibas a convencer a los caballos.

—Pensé que mi elocuencia vencería.

—Pues tus intenciones fueron derrotadas.

—¿Derrota? ¿Qué derrota?

—No empieces con eso.

—Trabajé duro. Les expliqué la importancia de tu lucha por la estadidad. Pero son animales muy brutos.

Ricky no contestó. No deseaba debatir con Romero. Solo quería que todo volviera a la normalidad, que pudiera recuperar su imagen de hombre serio y trabajador, de amante de su pueblo, de paladín de "los más vulnerables", de poder seguir cogiendo de pendejo a los suyos.

Ya pensaba que quienes protestaban lo hacían más por fulgor fiestero que por convicción. Lo mismo improvisaban un "electric slide" —que es un baile en que todos se deslizan a la vez, creando un divertido efecto visual– que formaban un coro espontáneo de emotivos himnos como "Verde Luz" y "En mi Viejo San Juan". ¿Qué eran todas estas manifestaciones? O sea, ¿En motoras? ¿En caballos? ¿Con cacerolas?

Durante el mediodía, se había celebrado una manifestación acuática, con boricuas en todo tipo de embarcación –fuese kayak, jetski o lancha– en la Bahía de San Juan, la cual rodea parcialmente a La Fortaleza.

Había una manifestación de yoga anunciada para la mañana siguiente.

¿Cómo carajo se protesta en yoga? pensó Ricky ¿No se supone que esa gente no se queje de nada?

También se había organizado una protesta bajo el agua.

¿Por qué no se ahogan pa'l carajo? se preguntó.

De todas las protestas anunciadas, había una que intrigaba al gobernador, pues se refería a una de sus pasiones de juventud.

Habían convocado para celebrar el próximo miércoles algo llamado "perreo combativo".

.

Sábado

20 de julio de 2019

El perreo fue tema caliente en la reunión de Los Plomeros. Antes de esa discusión, experimentaron su primer acto de contrarevolución, el cual resultó frustrante.

Ese sábado, Huestín los recibió con pastelillitos de guayaba y quesitos que compró en una panadería. Habían discutido sobre la necesidad de rotarse los entremeses, porque todo le estaba cayendo a Cadera. Esto era uno de los pocos temas en que habían logrado algún acuerdo.

Los Plomeros, con el aliento del café trepado, declararon que ya bastaba de hablar tanto, que debían actuar. Páncreas decidió complacerles, para que ellos mismos entendieran el fiasco de su objetivo.

El plan consistía en arrancarle todos los pasquines a los manifestantes, arruinarles sus murales llamando al paro, pintarles sobre sus anuncios. Galillo fue entusiasmado hasta su casa a buscar media lata de pintura que había sobrado de un retoque dos años antes y que, si cotejara el interior, descubriría que el contenido parecía un bloque de queso feta. La brocha que conservaba había perdido su suavidad; sus cerdas solo servían para rascarse en los puntos más picosos. También aportó su carro. Páncreas sugirió quedarse y Muelas estuvo de acuerdo; ellos eran expertos en estas actividades, y no podían arriesgarse con un novato a bordo.

Fue frustrante. Ya no se pintaban anuncios de protestas en el expreso, en la pared de contención que quedaba debajo del Oso Blanco. En algunos puntos de la ciudad encontraron varios "#RickyRenuncia", pero no incluían llamados a lugares o fechas. Lo más cercano que identificaron, que pudieran relacionar a las protestas, fue unos pasquines de algo que parecía unos muñequitos por un tal J. Balvin, que incluía el maligno nombre de Bad Bunny.

Cuando regresaron –antes de tiempo, tal y como anticipaba el sobrino de Muelas– discutieron sobre su confusión ante el éxito de las manifestaciones. Descubrieron que ya no usaban los mecanismos –tradicionales y efectivos– de pasquinar las columnas bajo los puentes del expreso. Trataron identificar si alguien repartía volantes en los semáforos, pero en esa búsqueda tampoco habían tenido éxito. No podían explicar la movilización de gente a las manifestaciones, sin siquiera un llamado de fecha y lugar, a menos que el sitio –basado en el anuncio de J. Balvin y Bad Bunny– fuera un reconocido oasis.

Páncreas les explicó–con una calma encomiable– que aquello era un anuncio del lanzamiento de un álbum por ambos artistas, y que se titulaba "Oasis", un junte entre las estrellas musicales más populares de Colombia y Puerto Rico, en donde mezclaban géneros, y los salpicaban con ritmos africanos y la guitarra de Enanitos Verdes, dando un aura de nostalgia del buen rock argentino en sus mejores tiempos, pero esas aportaciones quedan muy diluidas. Eso sí, la fusión de estilos entre las dos estrellas no se materializa, pues domina el sonido de Balvin, ya que carece del perreo intenso y las líricas ardientes de Bad Bunny.

Páncreas calló, pues se percató que aquello no era el público para debatir sobre música. Se lo confirmó el silencio absoluto, el cual fue roto segundos más tarde por Tetilla, quien con la boca llena de polvo de pastelillito, observó:

—No sé de qué carajo habla este muchacho.

Los Plomeros cayeron en discusión desordenada: Que si qué tienen que ver Colombia y Argentina con lo que está pasando; que si yo no le pondría Balvin a un hijo porque seguro que sale pato; que si qué es eso de perreo que tanto han escuchado; que si qué tiene que ver todo esto con las estrategias de los comunistas y revoltosos para organizarse.

Coxis tenía en su casa un televisor moderno, y tras algunos malabares, Páncreas logró a transmitir unos vídeos desde su celular a la pantalla, para demostrarle a Los Plomeros los misterios de las redes. Aquí es que se comunican, explicaba el único joven del grupo, mientras mostraba un meme en que invitaban al paro del lunes.

—¿Cómo imprimen la información desde el televisor? —exigió Galillo.

No es necesario, contestó Páncreas por quinta vez. Siguió

mostrando vídeos para que entendieran la gravedad de la situación. Enseñó varias de las manifestaciones ocurridas y anuncios de las venideras. Ahí fue que mencionó el perreo combativo.

–¡Un momento! –exigió Galillo, con tono de detective en serie de los 70 que acaba de descubrir un misterio– Es la segunda vez que mencionas lo del perreo. Esto tiene que ver con el Babuni ése. Ahí hay algo. Háblanos sobre el perreo.

Páncreas explicó de lo que trataba. Narró los origines "underground" del reguetón, su crecimiento en Puerto Rico durante la década de los 90, explicó el sandungueo, el guayoteo, el ritmo sabroso de un perreo. Entonces mostró unos vídeos de los bailes. Los viejos quedaron estupefactos.

–Esas nenas tienen un ataque de epilepsia en el culo –opinó Tetilla.

–¡Yo sé lo que es bailar, y eso no es baile! ¡Es una desvergüenza! –exclamó Galillo alarmado– ¿Eso está permitido?

Páncreas aseguró que sí, que no iba contra la ley.

–Esa gente está endrogada –insistió Galillo– Esto es una desvergüenza, por eso estamos como estamos. ¿Y quieren hacer ese baile en público en el Viejo San Juan, donde hay familias y turistas?

Todos comenzaron a discutir al respecto.

Aquí fue que Muelas sugirió poner una bomba.

***

Reina quería acercarse a Ricky. Estaba asustada. Le había visto

LA NOCHE QUE RENUNCIÓ RICKY

muchas veces molesto, pero nunca así. El gobernador estaba tirando huevos de carey contra la pared detrás del trono, usando el cetro como raqueta. Jadeaba entre rugidos de dientes tensados.

Continuaban los abandonos y falsos amigos. Ahora fue Yosem Companys.

El día anterior, su amigo había demostrado no serlo. Los buenos amigos callan por uno, los buenos amigos dicen lo que quieres escuchar, los buenos amigos obedecen tus deseos, los buenos amigos no te critican, los verdaderos buenos amigos te sirven. Ningún amigo te hace observaciones honestas porque se preocupe por ti. Lo que debe preocuparle es si es buen amigo.

Companys compartió su percepción de la personalidad de Ricky Rosselló, y aunque sus expresiones no lucían cargadas de rencor, distaban mucho de halagar al gobernador. En resumen, y sin usar estas palabras, expresaba de manera implícita que Ricky era una persona brillante, aunque era embustero, deshonesto, inmaduro, arrogante, fantasioso y, citando a sus más tolerantes padres, muy distraído.

Según Companys, ambos iban a formar una empresa para la cual Ricky iba a aportar el capital. Cuando le cuestionó de dónde provenían los fondos, Ricky dejó saber que tenía cerca de un millón de dólares, pues mantenía un contrato de cientos de miles de dólares con la Legislatura de Puerto Rico, sin tener que hacer nada. El socio le preguntó si estar en esa nómina no era algo poco ético, y Ricky explicó que así funcionan las cosas en Puerto Rico.

Otro asunto que Companys no debió tocar fue la relación que

Ricky mantenía con Elías Sánchez. Este personaje no ha aparecido en nuestra historia, porque hemos decidido dejar fuera a los demás participantes del chat; no porque se les considere inofensivos, sino para evitar que nos desenfoquemos: Sería muy ambicioso querer describir cada célula mutante en el cáncer de amistades y relaciones que consumen y devoran los tejidos de Puerto Rico. Ricky estaba satisfecho con esta decisión del autor de esta novela pero –ahora mismo– está molesto, porque detesta que mencionen a Elías Sánchez, aunque sea para pedir que no lo mencionen.

El nombre viene arrastrándose desde la adolescencia de Ricky, y para que Puerto Rico recuerde lo cercana que es la relación, en las redes comenzó a circular una foto de antaño, en la que Elías aparenta estar besando a Ricky en la oreja. Hay muchas dudas sobre la foto. Por ejemplo, no se destaca si le está introduciendo la lengua. Lo cierto es que la relación era cercana, tanto así que Elías ofreció el brindis en la primera boda de Ricky, en lo que se ha asegurado que era un matrimonio montado. Companys describió que Elías se creía tanto el título de padrino, que parecía capaz de ordenar que te dejaran una cabeza de caballo en la cama.

La relación con el gobernador le resultó fructífera a Elías: Desde que Ricky es gobernador, Elías ha tenido mucho éxito como cabildero para compañías que interesan contratos con el gobierno. Se estima que el traqueteo sobrepasa decenas de millones de dólares. El arreglo era perfecto, porque Elías podía alegar que no era empleado del gobierno y no tenía conflictos. Lo mismo que insistía Ricky, aunque no podía explicar, de manera convincente, la participación de Elías Sánchez en un chat donde se discuten asuntos de gobierno.

Disculpen: Dice Ricky si no dejamos de mencionar a Elías, abandona esta novela. Muy bien, regresemos a los alegatos de Companys.

Companys habló de otra relación delicada: Pedro Rosselló.

Según el amigo –o examigo– del gobernador, Pedro Rosselló le agradecía que apoyara a Ricky en su proyecto empresarial, porque a pesar de que "sabemos que eso seguramente no va a triunfar, porque tú sabes cómo es Ricky". Pedro indicaba que esto ayudaría a Ricky a madurar y adquirir responsabilidad. Resultaba irónica la preocupación porque, según Companys, sus padres eran, en parte, culpables de la actitud prepotente del gobernador: Siempre le habían sacado de sus aprietos, por lo que Ricky no aprendió a asumir consecuencias por sus acciones. Hay quienes hasta aseguran que, en su adolescencia, mató a una madre y un niño en un accidente de tránsito, y el caso fue tapado. Todo esto le acrecentó su ilusión de invulnerabilidad. De ahí que el gobernador solo supiera rodearse de gente que lo adulara, que no le criticara, que le ayudara con sus mentiras para mantener la imagen deseada.

"Están equivocados. Mi padre no me ayuda." –pensó Ricky– "Vino a la isla dizque para asegurarme apoyo dentro del partido, y no logró nada. Hasta me abandona".

Pedro regresaba ese día a Estados Unidos, y se llevaba a los hijos de Ricky, para mantenerlos alejados del ambiente volátil en la isla.

"Eso, déjame. No te necesito".

Recordó las palabras que supuestamente le dijo a Companys: "Tú sabes cómo es Ricky…"

Ricky comenzó a gritar: "¿Cómo soy? ¿Ah? ¿Cómo es que se supone que soy?", mientras destrozaba el cetro dando azotes contra el trono. Reina se asustó y se escondió en uno de los túneles.

Ricky jadeó, viendo el desastre de huevos rotos y realeza arruinada.

No podía esperar hasta que Chancha llegara la próxima semana.

Iba a pedirle a alguien que cumpliera con lo que quedaba pendiente de un trato.

***

Sasha, Yamil, Idalis y Lurmar estaban preparando algún tema para las manifestaciones. Ya Yamil comenzaba a comentar, con cierto cuidado, si acaso era necesario ir todas las noches a lo mismo. Ya habían cumplido, comentó. No se cumple con decir que uno fue, se cumple cuando ese hombre renuncie, fue la respuesta de Sasha, quien no detectaba su ambivalencia.

—¿Tú tienes familia en la policía? —preguntó Lurmar.

Se arruinó el secreto. La madre de Yamil era muy amiga de la madre de Lurmar. Sea la madre.

Yamil buscó detectar la reacción de Sasha. Pero ella no pareció escandalizarse, solo esperaba curiosa su respuesta.

—Un poco. ¿Por qué?

–Para conseguir algunas cositas –Lurmar, desbordando entusiasmo, compartió entonces su idea– ¿Qué les parece si nos vestimos de unas mujeres policías bien sexy?

–¡La puta policía! –sugirió Idalis.

Rieron, excepto Yamil, que se limitó a sonreír para no desencajar.

–¿Y Yamil? – preguntó Sasha.

Yamil pensó por un instante que se trataba de una preocupación por sus sentimientos. Entonces se percató que hablaba de su puesto dentro de la comparsa sugerida.

–Puede ser nuestro prisionero. Le vendamos la boca. Es el pueblo que no se puede manifestar. –sugirió Idalis.

–Está un poco exagerado –opinó Sasha.

Idalis era un caso opuesto y parecido al de Yamil. Era opuesto porque su madre era una izquierdista y le había criado con sus propios prejuicios, como la creencia de que todos los policías eran corruptos, abusadores, asesinos y persecutores políticos. Era parecido en que intentaba crear su propia opinión, pero los cimientos de sus interpretaciones ya estaban formados.

Sasha se había podido liberar aún más de la construcción mental que Vicente se había propuesto armar en su mente desde que ella era pequeña. No era un acto de maldad; los padres –y abuelos–creen estar pasando valores y experiencias, sin distinguir que están transmitiendo sus creencias y odios.

Por eso, la incomodidad de Yamil no se limitaba a que sus familiares eran policías, es que también había sido criado con la convicción de que los manifestantes eran violentos e indeseables.

Bastaba conocer el cuento de Tío Julián.

Éste era el hermano mayor del padre de Yamil. Siempre hablaba de los incidentes del 11 marzo de 1971, y lo violentos que son los independentistas y manifestantes.

El cuento de Tío Julián siempre obviaba su comienzo.

Y comienza con la pelea de boxeo entre Muhammad Alí y Joe Frazier.

El 10 de marzo, un cadete del ROTC y un estudiante independentista, se enfrascaron en una discusión sobre el valor del famoso Muhammad Alí, quien era un objetor a la guerra de Vietnam, un islamista, y por tanto era antiamericano, así que merecía la derrota que sufrió en el cuadrilátero. El debate se fue calentando hasta que los cadetes del ROTC, entendiendo que esto era una batalla que ameritaba ganarse, fueron al día siguiente en grupo –uniformados y cargando banderas de Estados Unidos– hasta el Centro de Estudiantes, en un obvio acto de confrontación. La siempre hirviente caldera de ánimos caldeados –que ya cumplían un año desde el incidente que le robó la vida a Antonia– explotó en otro intercambio de golpes y pedradas. Tan pronto se vieron en desventaja, los cadetes corrieron hasta su base dentro del recinto, y desde allí repitieron su defensa de perdigones y pedradas. Hay tantas pedradas en la historia de las manifestaciones en la Universidad de Puerto Rico, que uno se pregunta si el recinto estaba construido sobre una cantera.

Eso no es lo importante. Lo crucial fue la intervención de la

Guardia Universitaria, cuya acción no fue detener el conflicto, sino ayudar al ROTC en su ataque contra los "independentistas". Esto era una obvia falta de imparcialidad, y otra prueba de que el poder no estaba con todos los ciudadanos, sino con un su bando.

Pronto llegó la policía, y repitió su barrida para vaciar la universidad. Aquí es que entra Tío Julián en la historia.

Esta vez los estudiantes estaban dispuestos a pelear, y muchos estaban preparados.

Un coronel de la policía, que era de quienes dirigía la operación, corría a protegerse detrás de un árbol cuando fue alcanzado por una bala. El periodista Luis Francisco Ojeda, quien tenía casi treinta años, presenció a un teniente que fue herido, y arriesgó su vida por salvarle. En medio del caos, lo cargó hasta su unidad móvil para llevarle al hospital.

La policía repitió su entrada violenta en el pueblo de Río Piedras, llegando inclusive a meterse dentro de los hospedajes y desalojarlos. Repitieron con amplificación las golpizas, pero no se limitaron a los estudiantes. Un abogado fue a un cuartel de la policía a indagar sobre el paradero de un estudiante; ante el hermetismo de los oficiales insistió, y ahí fue sujeto a una golpiza que le causó una contusión cerebral que lo dejó temporeramente paralítico.

El saldo final fue dos policías y un cadete muerto. Una docena de policías fueron heridos. Entre ellos estaba Tío Julián, quien tuvo que pasar el resto de sus años en la uniformada sentado en un escritorio, pues su rodilla derecha había quedado inservible.

También fueron heridos ocho guardias universitarios, un

bombero y sobre cuarenta estudiantes, algunos de ellos alegando que fueron heridos por cadetes que pasaron de perdigones a armas de fuego.

En los días siguientes, el país presenció el dolor de los familiares, mientras enterraban a los policías y al cadete. Ante la opinión pública, los estudiantes revoltosos, independentistas y comunistas eran un peligro, un grupo que no creía en la democracia. Esto último era una acusación irónica, pues menos de dos años antes, los estudiantes habían celebrado un referéndum en que venció la petición por la salida del ROTC, y el resultado fue ignorado por la administración.

La tragedia tuvo sus consecuencias para el ROTC. Aunque el programa no se eliminó, el edificio fue mudado fuera del recinto, afectando la capacidad de reclutamiento. Para los estudiantes no fue una victoria total, y no estaban satisfechos.

Para la extrema derecha, esto fue una humillación. En sus ojos, la administración había cedido ante las presiones de los independentistas. La policía no iba a dejar que esto se quedara así. El resentimiento era grande en los policías que estuvieron presentes durante la revuelta. Entre ellos, estaban los agentes que, años más tarde, subieron al Cerro Maravilla.

***

Esa noche las manifestaciones transcurrieron en paz. La causa compartida era un almíbar que mantenía a los boricuas unidos, como un dulce de pueblo.

Los cuatro amigos disfrutaron del tema que compartían: Se habían pintado banderas boricuas en el rostro, gracias al arte de Lurmar, quien como estudiante de drama, había aprendido las artes del colorido facial. Hasta Yamil se sentía cómodo, pues adoraba su bandera. Llegaron hasta la esquina de la Calle Fortaleza y la Calle Del Cristo, que ahora tenían nuevos nombres, según alguien había alterado sus rótulos en las paredes aledañas. Ahora eran la Calle de la Resistencia, y la Calle Del Corrupto.

Se comprometieron a participar cada noche, hasta que Ricky renunciara. Pero todavía faltaba para eso. Ricky no se había rendido, y reforzaba sus tácticas.

Domingo

21 de julio de 2019

R icky renunció.

No a su puesto de gobernador, sino a la presidencia del PNP, y a sus aspiraciones para reelección.

Aceptó el consejo de muy mala gana después de que miembros del partido le acusaran de no ceder. Ricky sentía que ya había hecho mucho pidiendo perdón. Sus allegados le recordaban que pedir perdón cuando conlleva beneficio personal, no era un gesto que impresionara a un pueblo indignado. Tenía que haber algún sacrificio, y Ricky no había ofrecido ninguno. Debía entregar algo.

El gobernador que precedió a Ricky, Alejandro García Padilla – mejor conocido por "Agapito"– estuvo desde el comienzo en aguas de cloaca. Fue incapaz de detener el deterioro de los bonos del país –su acción más recordada ante las agencias crediticias fue decir "Me vale"– o de encontrar una salida ante la implementación de la Junta de Control Fiscal. Frente una derrota electoral inevitable, Agapito renunció como candidato a reelección. Sus críticos dirigieron sus ataques a otros blancos, y al menos pudo gobernar un año sin tanta queja.

Ricky aceptó tomar esa ruta para amainar las protestas. Estaba seguro de recuperar la confianza del pueblo en los meses siguientes, que entonces los votantes le rogarían que se retractase de su anunciado retiro, que volviera a correr, por favor, y él, alegando sacrificio quijotesco por amor a Puerto Rico, escucharía el nuevo clamor de la gente y regresaría.

Ricky no tardó en descubrir que, su anuncio de renuncia a la reelección a la gobernación, fue un completo fiasco. El gobernador gustaba de pasear por las redes; Twitter, Instagram y Facebook gritaban la indignación del pueblo. ¿Por qué son así? se preguntaba.

No había misterio.

Lo que pasa es que Ricky no quería entender.

Primero, renunciar a la reelección era como renunciar a nada, porque el pueblo consideraba esa posibilidad muerta. Ricky actuaba como un candidato para un empleo nuevo, que los reclutadores le indican que no interesan darle trabajo, y reacciona diciendo que pues entonces renuncia.

Segundo, nadie –pero absolutamente nadie– estaba pidiendo que no corriera para reelección.

El hashtag que recibió sobre un millón de menciones en Twitter durante el mes de julio no fue #RickyNoCorrasDeNuevo.

Fue #RickyRenuncia.

Y ya. Ahora.

Más claro no podía estar el reclamo.

***

Ese día, surgió una brecha en Los Plomeros.

El tema de la bomba había quedado como una posibilidad futura. Páncreas insistía que el momento era ahora. Nada marcaba este nivel de urgencia como el hecho que Plaza Las Américas, el mayor centro comercial del país, y el que no cierra ni aunque hubiera un apocalipsis zombi –en ese caso alguien inaugura un quiosco con cerebros en veinte sabores– ya había anunciado que no abriría al día siguiente, que era cuando estaba pautado el gran paro nacional.

Cadera indicó que ellos no bregaban con bombas. Esto era cierto a medias. Los Plomeros jamás fabricaron o colocaron bombas, pero sí sugirieron, a grupos de derecha durante gran parte de la década de los 70, posibles blancos y oportunidades. No recibían dinero de estos grupos, aunque sí buenos descuentos en arreglos florales.

Páncreas indicó que no tenían que hacer la bomba, que él conocía un tipo de apellido Babilonia, quien le conseguía cualquier artefacto en el mercado negro. Pero se necesitaba dinero. Y tenía que ser ya.

Esta necesidad de dinero para comprar una bomba, ya Páncreas la había mencionado en la reunión anterior. Tetilla vino preparado. Sacó su chequera, y comenzó a escribir.

–Tetilla tiene determinación, ojalá todos ustedes fueran así – protestó Páncreas.

–Yo te entregué mi tarjeta de retiro y mi información personal –

le recordó Muelas.

–Todos sabemos que eres un patriota de verdad –le felicitó Páncreas.

–No hay tiempo para conseguir una bomba para mañana –indicó Coxis.

–Porque nos hemos tardado. Aún podemos poner una bomba el miércoles, durante el perro combativo.

–¿Cómo la vamos a llevar hasta allá? –preguntó Galillo.

–La enviamos con la persona que menos levante sospecha. Mientras más indefenso luzca, mejor –Páncreas hablaba como alguien experto en estos temas, o que había visto mucho Netflix.

Tetilla le entregó el cheque.

–Esto no sirve –reaccionó Páncreas mirando el papel que le había entregado– Aquí solo dice "Pipi Caca Pipi Caca".

Galillo sacó su chequera.

–¿Cuánto dinero necesitas?

–Mil dólares cada uno.

–Eso es mucho. Somos viejos que vivimos de nuestras pensiones.

–Y de sus ahorros. Dejar dinero a sus hijos no significa mucho, pero dejar un nuevo Puerto Rico para ellos, sería algo sin precio.

Galillo comenzó a llenar su cheque. Páncreas habló con Tetilla, y logró que le facilitara su tarjeta de retiros y sus identificaciones.

–Esto no me gusta –se atrevió a observar Coxis.

Muelas hizo un gesto con la mano, pidiendo a Páncreas que no respondiera.

–¿Qué no te gusta? –exigió Muelas.

–Si quieren dinero para lo que se pidió en un comienzo, para reforzar nuestros equipos de inteligencia, o preparar algunos pasquines, estoy de acuerdo. No me parece bien esto de la bomba.

Muelas, casi al borde de un infarto, hizo un breve recuento de los bombazos sugeridos por Los Plomeros, y recordó que siempre celebraban, con orgullo, el éxito de los ataques.

–¿Queremos volver a todo eso? –retó Coxis.

–No tenías problemas hace cuarenta años –le retó Muelas.

–Ya lo dijiste, hace cuarenta años –se limitó a responder.

–No me dijiste que pensabas así cuando me pediste que nos reuniéramos.

"¿Fue idea de Huestín que nos volviéramos a reunir?" pensó Galillo "¿Por qué nunca me comentó nada?"

Páncreas intervino.

–También se necesita dinero para las cosas que usted menciona, Coxis. Le aseguro que su inversión se usará en esos fines.

–¿Cómo comprará la bomba? –preguntó Tetilla en uno de sus momentos salpicados de claridad mental.

–Yo pongo el dinero que falte –aseguró Páncreas. –Le aseguro, a quien no se sienta cómodo, que su dinero no se usará para eso.

–Eso me parece justo –respondió Cadera sacando su cartera.

–¿Está satisfecho, colega Coxis? –Muelas casi rugía –Ha contagiado al compañero Cadera. No puedo creer que permitan que mi nieto cargue el peso de esto.

–No te preocupes, abuelo.

Páncreas recogió cheques, tarjetas de retiro, identificaciones, y recopiló algunos datos personales adicionales que aseguró necesitar. Dijo que al día siguiente no vendría a la reunión, pues estaría procurando adquirir el artefacto explosivo. El martes podrían discutir los detalles.

Cuando terminó la reunión, Coxis se quedó charlando con Cadera, y Muelas aprovechó para coincidir con Galillo en la acera frente la casa.

—Coxis es tu amigo. ¿Qué le pasa?

—No sé, en verdad no habíamos hablado de esto.

Galillo no mentía. Estaba prohibido hablar de los temas fuera de las reuniones.

—¿Crees que sea un rata?

—¿Huestín? Digo, ¿Coxis? Jamás. Lo conozco como a mi propio corazón. Después hablaré con él.

—Déjalo. No debe saber que sospechamos. Pero mantenle un ojo encima.

Muelas y Páncreas se marcharon. Galillo, por más que quisiera evitarlo, también dudó de su amigo.

***

La edad es un fenómeno inevitable que todos sufrimos, pero en muchos, transcurre sin efecto evolutivo. En el caso de Huestín, el tiempo le desarrolló empatía para reconocer el daño en la vida, familia y emociones de las personas que atacaron.

Los Plomeros tenían sus justificaciones de conciencia tranquila. Para ellos, el bienestar sobrepasaba el daño. Muelas lo comparaba a la remoción de una gangrena: Debes sacrificar una extremidad, para salvar la vida del individuo. Así mismo, la remoción de elementos de izquierda de la sociedad, era una manera de salvar el país.

También clamaban que ellos no tenían culpa de que algunas personas decidieran ser enemigos de la libertad; la responsabilidad y consecuencias caía sobre quienes escogen posturas incorrectas.

Otra coartada moral consistía en señalar que el enemigo actuaba igual cuando podía. Los izquierdistas dejaban artefactos explosivos en negocios de cadenas "americanas"; en una ocasión mataron a un policía para robarle la patrulla; y se organizaron para ejecutar actos terroristas en los Estados Unidos.

El alivio mayor, para la consciencia mequetrefe de Los Plomeros, era que no agredían directamente a las personas. Su mayor violencia estaba en la destrucción de propiedad. En el segundo aniversario del asesinato de la estudiante Antonia Martínez, lograron entrar, durante la noche, al recinto universitario y destruir un monumento construido en memoria de la inocente víctima.

Esa noche aprovecharon para hacer su labor de inteligencia, y ofrecieron información útil al grupo adecuado. Menos de una semana después, explotó el cuarto piso de la Facultad de Ciencias Sociales de la Universidad de Puerto Rico, donde se encontraban las oficinas de varios profesores identificados como izquierdistas. Fue una explosión poderosa que destruyó casi todo el piso, haciendo volar las ventanas de madera y metal, que cayeron retorcidas en el césped.

Este tipo de ataques no era nuevo. Lo que marcaba esta era – después de los incidentes en la universidad con el ROTC– es que el nivel de la agresión no conocería límites. Había grupos de ultraderecha; organizaciones de exiliados cubanos; y agentes de la policía. El gobierno de los Estados Unidos no encontraba simpático que, en medio de las tensiones de la Guerra Fría, se formase un partido socialista en uno de sus territorios. El FBI decidió no quedarse inmóvil ante esta supuesta amenaza.

Los Plomeros tenían contactos con varios de estos grupos, investigando y sugiriendo posibles blancos. Fue así como se colocaron bombas en farmacias, ferreterías, licorerías, librerías y otros negocios que eran propiedad de militantes del partido independentista o del partido socialista. Hasta un centro de educación infantil fue víctima de un bombazo. El evento más trágico fue una explosión en un restaurante en la ciudad de Mayagüez, donde fallecieron dos hombres –uno de ellos del partido socialista; el otro empleado del local– e hiriendo a sobre diez personas, incluyendo a un niño de seis años.

Uno de los blancos predilectos de la ultraderecha era el periódico "Claridad", de abierta línea editorial socialista. Las imprentas donde se producía el periódico fueron incendiadas dos veces en menos de un año. Las oficinas fueron atacadas a tiros, y conocieron las consecuencias de los explosivos. Los vendedores callejeros tenían que cuidarse de palizas y esquivar carros agresivos. Las casas de los colaboradores del periódico eran atacadas. En una ocasión, los nietos del administrador del periódico, descubrieron un artefacto explosivo debajo del carro que estaba en la marquesina. La noche anterior el hogar había sido tiroteado.

Ésta no fue la única publicación en sufrir ataques de quienes – irónicamente o, mejor dicho, hipócritamente– estaban luchando por la libertad de expresión. La revista "Avance", cuyo enfoque era permitir que todas las visiones políticas estuvieran representadas, enfrentó los efectos de una terrible bomba en sus oficinas. Hasta un pequeño periódico regional llamado "El Pueblo" sufrió por las bombas, ya que su línea editorial se oponía a la explotación minera en Utuado y, para la derecha, defender la naturaleza y atacar a las empresas que quieren enriquecerse, es un síntoma inequívoco de comunismo, y merece ser castigado.

El envolvimiento de la policía no estaba en duda. Los arrestos sin causa a personas independentistas eran frecuentes y, según han confesado muchos policías, se motivaba la fabricación de casos. Recordemos que, después de que se eliminara la Ley de la Mordaza en 1957, no existían leyes para condenar a quienes pensaran distinto, así que debían inventar la manera de criminalizar a estas personas. La elaboración de carpetas contra quienes consideraban subversivos o izquierdistas, es un episodio bochornoso en nuestra historia, una evidencia indiscutible del abuso de los poderes del gobierno para perseguir a ciudadanos con posturas diferentes.

La mano de miembros del exilio cubano en la isla, era otra fuerza violenta reconocida. Ellos atacaban todo lo que consideraran apoyo a la Cuba de Fidel Castro. Una bomba de alto poder explosivo fue colocada en la agencia de viajes Marisol, especializada en viajes turísticos a Cuba. Mientras el canal 11 transmitía un documental cubano, alguien lanzó explosivos en el estacionamiento de la estación. Una bomba fue colocada en las oficinas de Mexicana de Aviación, la cual brindaba viajes a Cuba. Cuando Argentina anunció su intención de vender carros a Cuba, el consulado fue tiroteado. Otros consulados, como los de Perú y Venezuela, sufrieron agresiones cuando sus países aceptaban relacionarse con Cuba. En un cine de Río Piedras se anunció un festival de cine cubano, y sufrió un ataque terrorista. Así sucesivamente.

El envolvimiento del Negociado Federal de Investigaciones también ha sido evidenciado. Los documentos de COINTELPRO – un programa del FBI para infiltrar las organizaciones disidentes dentro de sus territorios– demuestran un fuerte activismo en Puerto Rico.

Todas estas fuerzas luchaban contra la izquierda –o contra quienes no eran suficiente derecha– sin piedad ni descanso. Además de las destrucciones contra la propiedad, también se recurría al asesinato directo.

Algunos de estos eran ejecutados por escuadrones de la muerte de la policía, como pasó con el dirigente de la Unión de Tronquistas, quien fue torturado y asesinado por un grupo de oficiales dirigidos por el entonces teniente coronel Alejo Maldonado, cuyo nombre es conocido en Puerto Rico por sus confesiones de los crímenes y persecuciones de parte de la policía.

Quizás el mayor ejemplo de frialdad en el corazón fue el asesinato de Santiago Mari Pesquera, quien fue secuestrado cuando se disponía recoger a su sobrino en la escuela. Su cuerpo, que fue encontrado al día siguiente dentro del carro abandonado, presentaba señales de haber luchado por su vida antes de recibir un balazo en la cabeza. La única "falta" de este joven de 23 años, era ser el hijo de Juan Mari Bras, Secretario General del Partido Socialista Puertorriqueño. Durante el entierro, el padre –conociendo el horror del toma y dame entre la extrema izquierda y los poderes ya mencionados– pidió que nadie vengara la muerte de su hijo.

Huestín nunca se lo ha mencionado a Vicente; durante muchos años ha reflexionado sobre su colaboración en esta destrucción de vidas. Siempre está la justificación de contexto histórico, pero no hay causa ni lucha que valga destruir a gente inocente; haya sido hace cuarenta años, o ahora.

***

Ricky buscó el tablero Ouija que mantenía oculto. Se prometió que ésta sería la última vez que invocaría a Lucifer.

Había llegado de una reunión con alcaldes de su partido en un local de Guaynabo. Hasta allá llegaron las turbas a protestar, una manifestación espontánea por un dato compartido en las redes. La reunión fue frustrante, pues los líderes le pedían renunciar para así calmar al pueblo. Su anuncio de no correr para reelección tampoco había funcionado con ellos. Ricky llegó a Fortaleza tarde en la noche, muy agotado pero con demasiada inquietud mental para poder descansar. Decidió refugiarse en su trono, y pensó en la opción de usar el Ouija.

Cuando era niño, antes que su padre fuese gobernador, uno de sus hermanos recibió uno de estos tableros como regalo de cumpleaños, y durante la fiesta lo usó con sus amistades. Ricky notó a los dos jugadores reír y luchar por el puntero movible y, cerca de ellos, una figura transluciente que les miraba mortificado. Fue la primera vez que se percató de haber nacido con la capacidad de ver a los muertos.

El hermano dejó abandonado el tablero en un closet, pero Ricky se apoderó del mismo. Durante las noches jugaba, hablando con los muertos que aparecían. En su mayoría, era gente muy aburrida, sin la capacidad de compartir grandes secretos o miradas al futuro.

El único muerto que le hacía compañía fija era Cabucoana. Algunos espíritus iban y volvían, en su mayoría noveleros curioseando en los túneles. Ricky podía ver a quienes se presentaran, pero no tenía el poder de invocarlos y forzarlos a aparecer.

Cuando se iban a celebrar las elecciones para el segundo término de su padre, Ricky sintió que debía actuar. Las encuestas le favorecían, pues su mayor opositor por el Partido Popular, el olvidado Héctor Luis Acevedo, tenía el encanto de un pedazo de vidrio en la planta del pie. Esto no tranquilizaba a Ricky Rosselló: Su padre era vulnerable, como quedó demostrado en el referéndum celebrado un par de años antes, y en el cual la estadidad fue derrotada. Aquel revés le costó muchas noches de sueño. La posibilidad, aunque fuera remota, de abandonar su vida de elegancia y poder en la Fortaleza, lo horrorizaba de tal manera que intentaría contactar alguna criatura que tuviera el poder necesario.

Ricky decidió invocar a Lucifer. El demonio no era un fantasma, así que a lo mejor respondía a su llamado. Cabucoana se excusó, pues se sentía incómodo con tales presencias.

El hijo del gobernador esperó una noche de luna llena, tomó un baño de sal en granos para purificarse, se vistió de negro, encendió tres velas y varios inciensos, bebió de una copa de vino tinto, tocó una campana nueve veces, e hizo el llamado con sus manos sobre el tablero de Ouija. Lucifer se apareció.

Comenzaron a hablar. A los pocos segundos, el Príncipe de las Tinieblas se percató de que le caía mal Ricky, que quería salir pronto de él.

—¿Qué quieres? ¿Venderme el alma?

—Sí. ¿Qué me das a cambio?

—Por lo general ofrezco poder y protección hasta el día que mueras. Puede ser más, como puede ser menos. Depende del alma.

—¿Qué puedo recibir por la mía?

Lucifer tanteó el alma de Ricky. Era muy poca cosa, muy mal construida, un diseño inadecuado, un alma pequeña de pobre calidad. El diablo hasta buscó si tenía un Made in Taiwan.

—Puedo concederte tres consejos, de los que no tienen garantía.

Ricky aceptó.

Entonces pidió su primer consejo.

–Quiero que mi padre gané las elecciones.

–Fácil –dijo el diablo aguantando la risa– Dile que baile la Macarena.

Ricky siguió su consejo. Recordó tener un vídeo de su padre bailando La Macarena. Cuando lo hizo público, el Partido Popular lo descubrió y decidió usarlo para ridiculizar a Pedro Rosselló. El gobernador fue más astuto, y convirtió el tema musical en su marca. En todas las actividades, los presentes le clamaban "¡Baila, Pedro, baila!", según aprendido en un episodio de Los Picapiedras, y el candidato los complacía, ayudando a su imagen de jovialidad pueblerina. Cuando Pedro fue reelegido –el gobernador, no el cavernícola–, Ricky asoció la victoria con su pacto diabólico. En realidad, Pedro hubiera ganado esas elecciones aunque hubiera torturado, en público, a un manatí ciego en silla de ruedas.

Ricky no usó su segundo consejo hasta el final de ese cuatrienio. La ley no permitía a su padre correr por tercera vez consecutiva. El poder lo acaparó el partido opositor, y no el candidato que su padre apoyaba. Ricky maldijo haber pecado de confianzudo, y no haber asegurado una victoria que les garantizara poder, aunque fuese tras bastidores. Quería revertir esa suerte. Invocó a Lucifer.

–Dime rápido –le dijo de mala gana Lucifer– Estoy viendo "Betty la Fea".

–Quiero que los Rosselló volvamos al poder… ¿Qué hago?

–Pues, deja pensar. Ya sé: Antes de abandonar la Fortaleza, deja mensajes en la pared, pero escríbelos con mierda.

Eso hizo Ricky.

El tiempo, en cambio, no revertió. Ricky estaba seguro de que Lucifer no le fallaría, y recordó la manera en que formuló el deseo. No especificó cuál Rosselló debía volver al poder, ni cuándo. Sonriente, concluyó que él sería gobernador de Puerto Rico en el momento adecuado.

Ricky saboreó el poder de esta idea, y trazó su ruta. Algún día sería gobernador. En sus cuatrienios, lograría la estadidad, y después de eso podría ser Presidente de los Estados Unidos. Entonces, conquistaría el planeta. Sería el mandamás supremo de los vivos y los muertos.

Ese plan no lucía prometedor en estos momentos.

Ahora, solo quedaba un consejo. No había querido gastarlo. Pero lo necesitaba.

Invocó a Lucifer.

—Cabrón, me asustaste —dijo Lucifer cuando vio a Romero cerca del trono de Ricky.

Romero devolvió el saludo. Lucifer le hizo un pedido:

—Quédate jangueando por aquí todo lo que quieras.

Entonces Lucifer miró a Ricky, y se le escapó una mueca de desagrado. El demonio sufre muchos males, y uno es la vanidad. Su chiva y su bigote siempre están bien recortados y acicalados. Pero Ricky Rosselló ahora tenía una barba mal crecida, como una vista aérea de los manglares en La Parguera.

Ricky preguntó qué debía hacer para sobrevivir la crisis que atravesaba.

El demonio ni siquiera escuchó la pregunta.

Solo respondió:

—Aféitate, carajo.

.

Lunes

22 de julio de 2019

Vicente estaba rabioso. Los pelús habían logrado que el Doctor Pedro Rosselló –un católico protestante enviado para unir al pueblo de Dios de manera permanente con la nación más poderosa y noble del planeta, un prócer para el fin de los tiempos, un mesías con los cojones bien puestos– se dejara consumir por la frustración. Los medios discutían una carta que el exgobernador había enviado a la directiva del PNP: Esta desafiliándose del partido, abandonaba todas sus posiciones con carácter inmediato. En otras palabras, Pedro Rosselló ya no era PNP; que era como anunciar que el sol ya no sería parte del firmamento.

Así pensó Vicente, para quien los causantes de cualquier adversidad eran los comunistas, los independentistas, los seguidores del Partido Popular, la prensa izquierdista y esos "antiamericanos" corroídos por su envidia a los Estados Unidos de América.

El resto del país podía leer con facilidad el mensaje detrás de la renuncia: Pedro Rosselló estaba molesto con el Partido Nuevo Progresista. Los políticos más poderosos dentro del partido se unían al coro pidiendo la renuncia del gobernador, el Senado y la Cámara se expresaban abiertos al proceso de residenciamiento, los alcaldes no apoyaban a Ricky, y la influencia del exgobernador pareció ser inútil ante el escenario actual. Así, Pedro los castigaba.

Si acaso el padre de Ricky deseaba agitar las pasiones de los llamados "rossellistas" –los fanáticos apasionados por la mitología de los Rosselló, y que ayudaron a que regresaran al poder– no logró su cometido. En todo caso, la renuncia de Pedro Rosselló le dejó saber, a los seguidores del PNP, cuán profunda era la letrina en que se había sumergido Ricky Rosselló.

La salida de Pedro no fue lo único en arruinarle el día a Vicente. Durante la mañana tuvo que reprochar a Sasha, pues descubrió que, contrario a lo que llegó a pensar por los cacerolazos, ella seguía en oposición al gobierno.

Ahora sí le dolió la pérdida de su cacerola.

Pero todavía le faltaba sufrir uno de los peores dolores de su vida.

***

Yamil estaba emocionado. Estaba caminando junto a Sasha desde Roosevelt hasta la marcha del paro nacional. De nuevo, Idalis y Lurmar llegarían por cuenta propia, pues estaban atrasadas con la confección de galletas para vender a los presentes interesados. Le enviaron un texto pidiendo a Sasha que, si acaso no había consumido las galletas que le habían regalado, que las llevara para que ellas pudieran venderlas entre los manifestantes.

Sasha consideró virar –se trataba de unas pocas cuadras de regreso– pero ofreció una pequeña mentira para declinar el pedido. Su motivo real era que este evento no era una oportunidad para lucrarse. Idalis y Lurmar tendrían que excusarle. Lo importante era estar presentes desde temprano en el paro.

Si hubiera virado, le hubiera dado tiempo de detener a su abuelo.

Vicente recordó que le tocaba llevar los entremeses a la reunión de Los Plomeros. Revisó la nevera. Preparar entremeses le tomaría mucho tiempo. Fue a pedir ayuda a Sasha pero ya ella se había ido. Vio una bolsa marrón que lucía fuera de lugar en el cuarto. Cuando la revisó, encontró la solución a su problema. Después se disculparía con la nieta y reemplazaría las galletas a su gusto.

***

Páncreas no estaba en la reunión. Muelas explicó que su nieto estaba terminando los trámites del dinero, que tendrían la bomba a tiempo para detener el perreo combativo el miércoles. Coxis volvió a insistir en que no debieran afectar vidas humanas. Muelas miró molesto a Galillo, como si él fuera responsable por las actitudes de su amigo. Cadera dijo que era cierto, que Los Plomeros no se manchaban de sangre, que una tragedia crearía antipatía hacia los verdaderos defensores de la democracia. Muelas dijo que puede ser cierto, pero que ya la historia demostraba que el miedo es el argumento más elocuente, y que después de unas cuantas muertes, los revoltosos lo pensarían mejor antes de apoyar estos actos anárquicos.

Tetilla comenzó a hablar con viril suavidad. La elegancia de su discurso había sido olvidada por el grupo.

Las galletas "premiadas" ya estaban haciendo efecto.

"No se preocupen por la bomba, si muere uno o si mueren mil, o no muere nadie. He luchado toda mi vida por la justicia. Hace muchos años que no actuábamos juntos, pero no pasa un día en que no piense en todos ustedes, ni en el enfermero.

Algunos dicen que yo planté la idea en la policía de matar a aquellos muchachos en el Cerro Maravilla. Yo digo que es falso. No puedes plantar ideas en la cabeza de nadie. Las ideas son semillas, pero nuestro cerebro es el terreno. Si tu cerebro es una mierda, pues es un gran abono. Por eso pueden sembrar tantas ideas estúpidas en la cabeza de un comunista. Nosotros no somos ignorantes. Tampoco la policía. Nadie que luche por la democracia, el capitalismo y los valores tradicionales tiene mierda en la cabeza. Somos un terreno rico, donde solo germinaron, durante la niñez, las buenas semillas: las reglas de nuestros padres, el orden según el poder político establecido, y la moral determinada por la iglesia. Cuando somos adultos no necesitamos nuevos conocimientos; ya tenemos un jardín perfecto en la cabeza. A veces, alguien nos ayuda a encontrar una flor. Solo hice eso. Todas mis ideas ya estaban en la cabeza de los agentes de inteligencia de la policía, de los escuadrones de la muerte, de los agentes federales, de los cubanos anticomunistas. Yo solo les ayudo a encontrar las flores.

Por eso, siempre pienso en el enfermero. Cuando mi hija tenía cuatro años, tuvo un accidente en el parque. Dejó de respirar. Un enfermero, que estaba columpiando a su hijo, corrió a brindarle primeros auxilios, hasta lograr que recuperara la conciencia y respirara. Nos ayudó a llevarla a un hospital. Le salvó la vida.

Se llevaron a mi niña, para placas y otras pruebas. Mi esposa le acompañó. El enfermero se quedó conmigo, y nos pusimos a conversar. Ya conocen mi truco: Hablo asuntos contra los izquierdistas, y si se queda en silencio, sin apoyar mis palabras, yo sé que está en desacuerdo, y si lo está, entonces es comunista. El enfermero era comunista.

Logré que me compartiera su dirección. Dije que quería visitarle en algún momento con la niña que rescató. Me dijo que no era necesario. Insistí. Cuando obtuve la información, la pasé a varios de mis contactos.

Tuve que exagerar el cuadro. Dije que viajaba a Cuba, que habló pestes de los Estados Unidos, que se refería a los policías como "cerdos". Pensaba que le abrirían una carpeta, y ya. Pero, en menos, de una semana, sufrió un supuesto intento de robo cuando regresaba a su carro, y le metieron dos tiros en la cara.

Pienso cada día en él, porque me dolió.

No me entiendan mal. No he dicho que me arrepienta.

Me dolió que alguien tan noble, tuviera mierda en el cerebro.

Así que nunca sintamos dolor por quienes vuelan en pedazos.

Suframos porque viven en la agonía del error, y nosotros los estamos liberando de ese martirio. Los hacemos parte del bien, cuando los convertimos en comunistas muertos; en lecciones para los jóvenes, en ejemplos para los equivocados.

Eso es todo."

Tetilla se posicionó en su silla como si estuviera en un pupitre en salón de clases. Solo añadió: "Carajo, me siento bien".

Muelas aplaudió. Galillo se le unió. Tetilla también aplaudió, sin percatarse que era para él.

—Conmigo no cuenten —dijo Cadera.

Le miraron, entonces se asombraron. Todos sabían que Cadera no era paralítico, que la silla de ruedas era una necesidad por la fragilidad de sus piernas, y los terribles dolores que no le permitían pararse sin agonía. Ahora estaba de pie, sus piernas lucían débiles al moverse, como si a los músculos le hubiera tomado por sorpresa el turno de trabajo. Cadera caminaba en un pequeño círculo, como impulsado a ejercitarse.

—Cógelo suave, vas muy rápido —pidió Muelas, ya consumido por el efecto de las "chocolate chips".

—Eres un comunista —se limitó a comentar Tetilla con frialdad.

—Un momento, no seamos así —reprochó Coxis— Apreciar la vida humana, cualquiera que sea, no convierte a nadie en mala persona.

—Depende de la vida que se aprecie —comentó Galillo— Hay vidas más importantes que otras.

—No somos quiénes para decidir el valor de cada vida —respondió Coxis.

Galillo estaba sorprendido por el giro de la conversación, y la actitud de su amigo de tantas décadas. No le reconocía. Galillo miró a Muelas, buscando una reacción.

–A mí no me mires –dijo Muelas– Yo estoy tranquilito. Lo único que quisiera es volver a ver una película pornográfica. ¿Todavía están dando "Calígula" en ese cine en el Condado?

–¿Recuerdan a esos dos muchachos del Cerro Maravilla? –preguntó de pronto Tetilla.

Sí, respondieron muchos. Y le preguntaron: ¿Por qué?

–Me pregunto si el enfermero los conocía.

Tetilla tenía los ojos húmedos. Entonces empezó a llorar.

***

Fue un 25 de julio.

El año era 1978.

Carlos Soto Arriví, Arnaldo Darío Rosado y Alejandro González Malavé eran independentistas activos del Movimiento Revolucionario Armado, uno de los muchos grupos nacionalistas improvisados durante los años 70. Soto Arriví y Darío Rosado desconocían que González Malavé era un agente encubierto de la Policía de Puerto Rico. Los dos jóvenes no tenían razón para sospechar; en fin, González Malavé fue quien originaba las ideas de ataques, conseguía las armas, y los convencía a participar en sus planes de lucha por la libertad de Puerto Rico.

El plan era destruir unas torres de comunicación de la policía que se encontraban en una montaña conocida como el Cerro Maravilla, en el Bosque Estatal de Toro Negro. El trío secuestró a un taxista de nombre Julio Ortiz Molina. El agente secreto le ordenó entregarle el control del volante, y lo llevaron hasta el destino final. Uno de los jóvenes sugirió que dejaran al chofer libre cuando ya se acercaban a las torres, y Malavé cometió el desatino de oponerse, pues decía que estaban atrasados.

Todo ese tiempo, un carro con policías les había estado siguiendo. Escondidos entre la vegetación cerca de las torres del Cerro Maravilla, esperaban otros agentes policiacos. Los dos jóvenes no tendrían oportunidad de escapar.

Tampoco tendrían oportunidad de ser arrestados.

El plan era que no bajaran con vida.

Ya un comandante de la policía había dicho que no debían regresar vivos de la montaña.

Cuando llegaron al lugar de las torres, el trío se bajó del vehículo del taxista y comenzaron a prepararse para el ataque. En ese momento aparecieron los agentes, y sin dar aviso, comenzaron a disparar, causando un breve intercambio. González Malavé resultó herido. Soto Arriví y Darío Rosado se escondieron en la maleza. Pronto se percataron que no tenían oportunidades de vencer, así que lanzaron sus armas y se rindieron. La policía les ordenó acostarse en el suelo de piedrilla y barro. Ya no representaban peligro alguno.

Ortiz Molina se había acostado en el asiento delantero de su taxi tan pronto escuchó el tiroteo. Un agente le ordenó bajarse del vehículo. Aún nervioso, no quiso moverse, sino explicar que solo era una víctima. El policía amenazó con acribillarlo. Cuando salió del vehículo, intentó aclarar su envolvimiento allí, pero fue golpeado con la culata de un rifle. Cayó en el suelo cerca de los jóvenes. Mientras era golpeado, uno de los jóvenes independentista rogó: "El señor es inocente, por favor, no le hagan daño al señor, que él no tiene nada que ver con esto".

Mientras, un agente se llevó a González Malavé para recibir ayuda en un hospital. Llegaron más policías. Soto Darío y Arriví Rosado, rodeados por agentes con armas largas, recibieron insultos, golpes y patadas. Se mantenían dóciles resistiendo la agresión ¿Qué otra cosa podían hacer? Los oficiales se agitaban unos a otros, acusando a los jóvenes de terroristas y de querer matar policías.

Uno de los agentes retiró al taxista del lugar, y lo llevó hasta la torre de la policía. Ortiz Molina le comentó sobre las muchas patadas que habían recibido los muchachos. Lo dejaron a cargo del policía en guardia. Cuando éste le preguntó a su colega sobre lo que estaba ocurriendo, el agente le hizo una señal de dedo índice frente los labios, dejándole saber que debía callar el asunto.

Mientras, un agente había esposado a Soto Arriví. La golpiza continuaba. Entonces los oficiales de alto rango se alejaron del lugar, para no estar envueltos en lo que ya debía ocurrir. Según declaró un agente tiempo después, las instrucciones eran "darle un escarmiento a estos terroristas".

Los jóvenes estaban arrodillados, rodeados de agentes. Darío Rosado rogaba por su vida cuando uno de los agentes le disparó con una escopeta en el pecho. Después liberaron a Soto Arriví de las esposas y le dispararon con un revólver en el muslo derecho y en la pierna izquierda. Soto Arriví, en agonía, pero con valor hasta el último instante, dijo que ya lo habían herido, que ahora le tiraran a la cabeza. Recibió un tiro en el pecho que lo mató. Solo tenía dieciocho años de edad.

Que les sirva de lección a esos independentistas descabellados.

Pero el asunto no quedó ahí.

Carlos Romero Barceló, quien era el gobernador de Puerto Rico en ese momento, felicitó la acción de los policías y los llamó héroes. El resto del país no estaba tan impresionado como Romero Barceló. Las inconsistencias entre la versión de la policía y las expresiones del taxista Ortiz Molina levantaron serias dudas, sobre todo en el sector independentista que conocía la campaña de la policía contra ellos.

El caso fue visto por el Departamento de Justicia, el cual determinó que los policías actuaron debidamente. Cuando el Negociado de Investigaciones Federales investigó el asunto –sin siquiera entrevistar a Ortiz Molina– llegaron a las mismas conclusiones. Necesitaban proteger a los policías que les ayudaban en la erradicación de independentistas.

Esto no causaba alivio, sino que aumentaba la indignación. La versión de la policía era que los jóvenes independentistas, al ver la presencia de las autoridades, habían comenzado a disparar. Los agentes se tiraron al suelo, y desde allí respondieron el fuego, resultando en la muerte de los dos terroristas. Esta descripción no cuajaba con lo descrito con el taxista, ni con declaraciones de personas que escucharon dos ráfagas de tiros.

Si el estado no administraba justicia, entonces los nacionalistas tendrían que hacerlo. Poco más de un año después de los hechos, cuatro independentistas atacaron –por venganza– un autobús de la Marina en que viajaban dieciocho militares desarmados rumbo a un centro de comunicaciones, dando muerte a dos jóvenes que nada tenían que ver con lo ocurrido. Esto fue el comienzo del grupo conocido como Los Macheteros.

En las elecciones del 1980, el poder del Senado pasó al Partido Popular –el mismo partido que comenzó los carpeteos y la criminalización de la ilusión independentista– y ordenó que se investigara el caso. Las vistas, que fueron televisadas, comenzaron en 1983, cinco años después de los hechos. Todo Puerto Rico pudo presenciar a policías confesar la manera en que abusaron de los jóvenes, de la manera que resistieron los golpes cuando estaban indefensos, de la forma brutal y cobarde en que los mataron.

El golpe contra la confianza en las autoridades fue devastador. Los investigadores del Departamento de Justicia jamás habían pedido las armas envueltas en el incidente. El amapucheo fue tan descarado que en la autopsia ignoraron los golpes recibidos por las víctimas. Un policía explicó que uno de los terroristas había caído por un precipicio, cuando cualquier inspección del local hubiera demostrado que no existía barrando de ningún tipo. Lo más evidente era la trayectoria de las balas en el cuerpo de los jóvenes. La entrada y salida mostraba un ángulo que indicaba que recibieron los disparos desde arriba, es decir, cuando estaban arrodillados. Las balas no iban de abajo hacia arriba, que es lo que se esperaría si la policía disparó desde el piso, como alegaban.

Carlos Romero Barceló no apoyaba estas investigaciones. Como siempre, criticaba esto como ataques de la oposición política, y describía la investigación como un proceso absurdo. Después de años de inconsistencias publicadas por dos reporteros del periódico San Juan Star, y los datos transmitidos por la reportera Carmen Jovet en televisión, Romero Barceló se atrevió a lucir sorprendido cuando ya no había manera de negar lo sucedido, y se cantó víctima del abuso de confianza de sus funcionarios. Algo similar al caso de Pedro Rosselló: Cuando El Nuevo Día, el periódico principal del país, reportó de los casos de corrupción en la administración, Rosselló los castigó removiendo los anuncios de prensa. Más adelante, Pedro seguiría la línea de Romero Barceló: A pesar de que por años se le estaba señalando la situación, se pintó como ignorante sobre el asunto, y víctima de su propia gente. Eso fue parte del problema de Ricky: No podía negar su envolvimiento en el chat, y ya pocos se ciegan con la bomba de humo de la cantaleta sobre malicia de sus oponentes.

Algunos de los culpables en caso del Cerro Maravilla recibieron sentencias por asesinato. Otros fueron suspendidos de la policía. Hubo unos que dejaron a un lado todo el asunto de lealtad policial y fueron testigos contra sus compañeros a cambio de inmunidad.

El movimiento de persecución contra la izquierda perdió fuerza desde esos momentos. Ante este escenario, Los Plomeros decidieron desbandarse, solo se reunirían si hay un asunto que amenace con la revolución o el comunismo.

Eso no significa que la guerra había terminado.

El agente secreto González Malavé, se recuperó de sus heridas, que resultaron ser leves. Una noche, mientras estaba en la casa de su madre, le llamaron al balcón, y al salir lo fulminaron a tiros. Un grupo llamado "Organización Voluntaria para la Revolución" se responsabilizó por el ataque. De nuevo, seguía el círculo de venganzas y violencia. Esta vez le tocó a González Malavé quedar con su muerte impune.

Al final, ningún bando había progresado en sus causas.

***

Parecía que no ocurría nada más en Puerto Rico.

La avenida Roosevelt es una de las vías principales de la capital. Ésta une el sector pobre de la Avenida Barbosa –la misma avenida por la cual entraba la policía en sus barridas universitarias– hasta terminar en Guaynabo, el pueblo con el mayor ingreso per capita del país. En esta ruta se atraviesa la entrada a la Milla de Oro, que es el sector bancario, donde se han dado protestas contra las medidas de austeridad impulsadas por el gobierno y la Junta de Control Fiscal. Después se atraviesa una serie de restaurantes que terminaban con el lujoso El Zipperle, donde en un ambiente de elegancia, podías comer paella, mientras celebrabas tu compromiso de bodas en uno de sus salones privados. El Zipperle fue cerrado por no pagar los impuestos sobre la venta, y ahora en su lugar hay un "fast food" llamado Popeyes. Esta esquina puede decirse que es el resumen económico de Puerto Rico.

Siguiendo esa ruta, la avenida pasa por debajo del Expreso Las Américas, y justo después está el centro de entretenimiento de Puerto Rico. A un lado de la avenida se encuentra Plaza Las Américas, conocido el centro comercial más famoso del país, y al otro se encuentran el Estadio Hiram Bithorn y el Coliseo Roberto Clemente, que además de ser centros deportivos, se convierten en opciones de concierto cuando no hay dinero para arrendar el llamado "Choliseo".

Aquí era el núcleo de la concentración. En una tarima se ofrecían canciones y ánimo de parte de artistas, esperando el momento de la marcha. La actividad estaba inspirada por la marcha "Paz para Vieques", que se había convertido en el símbolo del llamado de los boricuas exigiendo la salida de la Marina estadounidense de la isla de Vieques casi veinte años antes.

En aquella ocasión, los manifestantes marcharon por uno de los lados del Expreso Las Américas, deteniendo la ruta que va en dirección al Viejo San Juan. Ahora, esperaban ocupar las dos direcciones, marchando por el expreso hasta bajar por la avenida llamada Piñero –en honor al Piñero que ya mencionamos– para entonces subir de nuevo al expreso, esta vez en dirección a San Juan. De allí el final no estaba definido: algunos seguirían la algarabía en el área, mientras que otros proponían llevar la manifestación hasta el usual punto neurálgico de las protestas, que era la esquina de las calles Del Corrupto y La Resistencia.

Sasha y Yamil marcharon juntos. Bajaron por la Piñero y volvieron a subir al expreso, acompañados de jóvenes, ancianos, familias, y representaciones de todo elemento social. Más adelante, avanzaba una tarima movible, donde se encontraban los Cuatro Jinetes del Apocalipsis, más la diva Ednita Nazario, el cantante Tommy Torres, y muchas otras figuras dispuestas a marginar a sus fanáticos políticos, a cambio de participar en este evento transformador e histórico.

El día había estado hermoso, con el sol brillante y el cielo de azul perfecto que caracteriza a esta isla en el Caribe.

También es característico del país que el clima sufra arrebatos caprichosos. Comenzó a llover.

No fue una lluvia ligera y tímida; Esto era un aguacero torrencial, de los que te empapan la ropa interior, te enchumban los documentos dentro de tu cartera, te hacen sentir que caminas en zapatos fabricados con esponjas usadas.

Los creyentes dirían que era algo enviado por Dios, porque no llovía en ningún otro lugar. Quienes aún defendían a Ricky, se alegraban en sus hogares, viendo por sus televisores lo que ellos juraban que era la ruina del paro. Esto era una lluvia para romper la manifestación, para esparcirlos corriendo, que vayan a guarecerse, esto se acabó. Tomen su castigo.

Para los presentes, fue otra cosa.

La lluvia los alivió del calor.

La lluvia los revivió, como cuando el boricua busca la fría cascada en el Yunque y disfruta el azote del agua.

Sobre todo, les recordó aquel evento transformador del huracán María.

Si sobrevivieron lluvias de inundaciones con vientos de huracán, ¿qué sacrificio significaba esto?

Ninguno.

Sasha abrió sus brazos, y levantó la cabeza con sus ojos cerrados, recibiendo el torrente de lluvia como un regalo.

Yamil la encontró irresistible.

Y no resistió.

Se paró frente a ella, pasó sus manos por la parte baja de la espalda.

Sasha se sobresaltó, pero no abrió los ojos. Hubo una fracción de segundos donde ella pudo haber protestado, o abrir los ojos, o alejarse. Pero esperó durante esa fracción de segundos.

Entonces se besaron.

La lluvia se escurría sobre ellos, pero no sentían otra cosa que no fuera el beso.

Alguien los retrató. En el fondo, otro manifestante corría con la bandera monoestrellada. El fotógrafo se conmovió tanto con el momento, que decidió borrar la foto, porque ningún visual podría recoger la realidad de ese momento. Más adelante, tomó otra foto de jóvenes celebrando la lluvia de manera diferente, con la bandera de fondo, aunque la estaban cargando al revés. El instante se convirtió en otro símbolo de la lucha.

Los manifestantes seguían avanzando alrededor de Sasha y Yamil. Era un momento sublime para ambos. Lástima que se arruinaría esa noche.

***

Muelas se derrumbó en el sofá de su casa cuando el taxista lo dejó. Seguía loco por ver una porno, pero no debía decírselo a su hija. Ella le puso el televisor en su canal predilecto. Muelas estuvo muchos años en el ejército y dominaba muy bien el inglés. Esto le permitía disfrutar de Fox News.

Para su sorpresa, allí estaba Ricky Rosselló.

Y sin barba.

El reportero Shepard Smith estaría entrevistando al gobernador vía satélite.

Ricky se había negado a ofrecer entrevistas directas a la prensa de Puerto Rico, fuera de la criticada entrevista con Nación Z. Los asesores le dejaron saber que era necesario detener la percepción negativa en Estados Unidos. En fin, esos son los que mandan.

La estrategia era sencilla: Hablar de todo lo que está haciendo para combatir la corrupción. Si le traían el tema del chat, lo sacudiría indicando que eso es pasado y que ya ha perdido perdón. No anticipaba que le sería muy difícil —más bien imposible— tomar el control de la entrevista de esa forma.

Uno de los errores fue la selección de la cadena noticiosa. Fox es un reconocido baluarte de los republicanos, y defensor del Presidente Trump, a quien Ricky había criticado varias veces. Pero si hay algo que los republicanos detestan, es a los manifestantes. Así que de esta esperanza se agarró Ricky, y contaba con que el reportero le apoyara.

Muelas miró la entrevista, y juraba que por fin tenía su presentación pornográfica.

Shepard: "La corrupción es rampante en Puerto Rico. El país está en crisis financiera, tiene setenta billones de dólares en deuda, y una recesión de trece años. En el chat de casi 900 páginas, usted se burla de las víctimas del huracán María, hace expresiones homofóbicas y machistas".

El hombre, tan pronto entró al cuarto, dejó saber que tenía el control. La pegó contra la pared y le reclamó: "Te has portado muy mal. Eres una chica mala. Bájate ese pantalón, quiero verte ese culo".

Shepard: "Ataques a las mujeres, a los gays, a los familiares fallecidos de sus propios residentes en la isla, y después de eso, ¿quién se supone que lo apoye?"

El hombre le amarró las manos, le vendó los ojos, la forzó a acostarse sobre sus codos, mientras la hacía sentir poca cosa, reclamando su maldad: "Has chingado con mujeres, con gays, con muertos. Cabrona, ¿Quién te lo va a querer meter?"

Shepard: "Por lo que veo de la gente en sus calles durante el día de hoy, me dice que no tiene apoyo."

El hombre le dijo que no pidiera ayuda, que estaba sola, y ella por dentro lo sabía, tenía miedo, sintió su peso en la espalda y vibró cuando él le susurró: "Aquí chula, te lo voy a meter un poco por ese culito, a nombre de todos los que te lo deben meter".

Shepard: "¿Qué terminaría estas demostraciones mientras usted siga en su puesto?"

Rosselló: "De nuevo, ya me he disculpado con algunos de ellos. Mi esfuerzo es disculparme con todos ellos. Pido perdón".

El hombre se movía sin importar que se le rasgara la piel, no se necesita lubricación cuando la intención no es el placer sino joder a quien se lo merece.

El hombre le gritó: "¿A cuántos más le has dado ese culo? ¿Cuándo pararás?"

Ella, que sabía que lo había invitado, que no quería lucir débil pidiendo que parara, que se fuera, solo chilló: "Se lo he dado a muchos. Quiero dárselo a todos".

Shepard: "¿Quién te apoya en medio de todo esto?"
Rosselló: "Hay gente que me apoya".
Shepard: "¿Quién específicamente?"
Rosselló: "Hay gente".
Shepard: "Dame un nombre. Solo un nombre".
Rosselló: "Bla bla bla"
Shepard: "¿No puede darme el nombre de una persona que le

apoya en Puerto Rico?"

Rosselló: "Sí, puedo. El alcalde de San Sebastián".

La excitación bestial y salvaje hacía rugir al hombre: "Toma, qué rico, pero alguien más ha estado en este boquete. ¿Con quién andas?"

Ella, entre jadeos, respondió: "Con mucha gente".

Su voz monstruosa de varón era aplaudida por los testículos chocando contra el trasero de ella: "Dime uno, cabrona".

Ella enterró sus uñas en el colchón: "Eso no importa baby, yo lo que quiero es..."

Le pegó en una nalga: "Dime, puñeta, ¿quién es ese cabrón?"

Entonces ella aulló: "¡Es el rey del pepino, baby!".

Shepard: "¿Se ha disculpado con los sobrevivientes, la gente que murió en la tormenta que devastó su isla?"

Aún después de la clavada intensa, le dijo: "Le debes ese culito a mucha gente, mamita"

No pudo seguir viendo, porque entonces ocurrió lo que marcó el fin de Los Plomeros. La hija de Muelas lo descubrió en la sala de la casa, tocándose la masa fofa que había sacado de su pantalón, y declaró que ya tenía suficiente de sus cosas. Mañana mismo va para una casa de cuido.

***

Vicente y Huestín se quedaron charlando en la sala de la casa. Ya todos se habían ido, y los efectos de las galletas aún no abandonaban sus sistemas.

Vicente tomó valor para preguntar.

–¿Por qué estás tan negativo?

–¿De qué hablas?

–Parece que te opones a nuestros planes.

–Me opongo. Creo en la ley y el orden.

–Estamos haciéndolo por la ley y el orden

–¿Rompiendo la ley, y causando desorden?

Huestín empezó a reír. Como Vicente no era partícipe de la gracia, lo tomó como una burla. Se mantuvo sereno. Éste era Huestín, casi la otra mitad de su persona. No hay ofensas entre amigos.

–No entiendo por qué ahora lo ves así.

–Cuando estás cerca, no entra mucho a tu campo de visión. Es como estar cerca de un árbol. Para ti, es solo un tronco. Según te alejas, puedes ver sus ramas, y sus hojas, y hasta otros árboles. Lo mismo pasa con el tiempo. En la distancia, aprecias las cosas de manera distinta. Puedo ver las consecuencias de los actos.

–El tiempo ha pasado igual para nosotros. Pienso que estás equivocado.

–Quizás lo estoy ¿Ves? El tiempo me ha enseñado eso. "Quizás" estoy en lo cierto, "quizás" estoy erróneo. Eso es más satisfactorio que la certeza de que tengo la verdad. Porque creer que tienes la razón te encadena al árbol ¿entiendes? No importa el tiempo que pase, no te alejas del tronco, porque te has amarrado allí, te opones a explorar el paisaje.

—Si piensas así ¿para qué sugeriste reunir a Los Plomeros? Muelas me lo contó.

Huestín se quedó en un silencio reflexivo, como midiendo la ruta que iba a tomar la conversación.

—Para ver a Crisanto.

Vicente hizo una mueca de confusión.

—¿Quién es Crisanto?

Huestín sonrió antes de contestar.

—Cadera.

Vicente no entendía. Así que dijo:

—No entiendo.

Huestín se acomodó para encarar mejor a Vicente.

—Crisanto no quería verme. La única manera de lograrlo era si Los Plomeros teníamos que reunirnos.

—¿Por qué era tan importante verlo?

—Porque sigo enamorado.

"¿Qué carajo?" pensó Vicente "Tengo la cabeza rara, debo estar escuchando mal, o entendiendo lo que no es".

—¿Enamorado de quién?

—De Crisanto. De Cadera.

Vicente escuchó con una atención que no debía confundirse con comprensión o tolerancia. Estaba viviendo un momento de shock.

Huestín explicó que desde joven sospechaba que era homosexual, pero que no le hizo mucho caso, pensando que era una etapa. Cuando empezaron a trabajar en Los Plomeros, le tocó muchas asignaciones junto a Crisanto. En el caso de Crisanto, él estaba claro de su homosexualidad, pero tenía que vivir "en el closet", ya que le sería imposible vivir tranquilo en esos tiempos si declaraba su identidad. Ambos pudieron identificar las inclinaciones del otro, y pronto se convirtieron en pareja. La relación duró muchos años después de disuelto el grupo. Crisanto le reclamaba a Huestín que se divorciara, pero Huestín temía la cascada de situaciones que eso podría suscitar: Pérdida de su empleo, ruina de sus amistades –sobre todo la de Vicente– y posible distanciamiento de la niña que amaba como propia. Para Crisanto, esto significaba vivir en dos secretos, y era demasiado para él, así que rompió la relación hace casi dos décadas. Se negaba a que se vieran. Huestín estaba confiado que cuando volvieran a encontrarse, si el amor era real, quedarían atrás los resentimientos. Fue justo lo que ocurrió. Ya no necesitaban a Los Plomeros. Vivirían juntos lo poco que les queda.

Huestín terminó con una sonrisa de liviandad.

–Me he liberado de una carga enorme diciéndote todo esto.

–Y me la has pasado a mí –reprochó Vicente.

Huestín le puso una mano en el hombro. Vicente sintió el impulso de empujarla, a pesar de que era un gesto afectuoso que compartían desde juventud. Se puso de pie y caminó, como si pensara. Su reacción, en realidad, era escapando el toque de su mano.

Vicente agrupó sus esperanzas en una pregunta:

—¿Estás bromeando?

—No. No bromeo —contestó Huestín.

—Es que tú no te "partes".

—¿Manerismos? Muy pocos los tenemos.

—Pero tantos años casado con Flora... Te tienen que gustar las mujeres.

—Flora era lesbiana.

Vicente abrió la boca, y tardó en hablar, porque sentía que debía reaccionar, pero no lograba escoger las palabras. El golpe asestado no se limitaba a la noticia compartida, sino a la naturalidad con que Huestín habló. Ante el silencio de Vicente, Huestín explicó:

—Flora siempre supo que era lesbiana. Esto le causaba mucha angustia, sentía que iba a decepcionar a su familia, debes recordar que eran muy religiosos. Nos queríamos muchos, y éramos muy buenos amigos, así que acordamos casarnos y hacer vida juntos.

—¿También tenía una pareja fuera de matrimonio?

—Por casi treinta años. Murió antes que Flora. No hablaré de ella porque no me corresponde.

—¿Ustedes eran homosexuales, y se permitían tener parejas? ¿Cómo no me di cuenta de que eran unos aberrantes?

—No hables así, por favor.

Un pensamiento se metió en la cabeza de Vicente, y esto fue lo que terminó de empujarlo fuera de la borda de la cordura:

Durante décadas compartieron como familia. Su hija Glorivette se quedaba a dormir a la casa de ellos cuando Vicente y Mariana tomaban vacaciones de enamorados. Flora bañaba y cambiaba a Sasha de ropa cuando era un niña pequeña, desde que Vicente tuvo que ocuparse solo de ella.

—Yo les confié mi hija, y mi nieta. A ustedes dos. A un maricón y una pata. Me ocultaste que eran unos degenerados.

Huestín se puso de pie.

—No me molestan las palabras que quieras usar conmigo, pero muestra un poco de respeto a la memoria de Flora.

—Yo no tengo que respetar a enfermos sexuales. Además, ustedes no eran pareja.

—Te equivocas. La amaba con todo el corazón. La extraño terriblemente cada día. Hay muchas maneras de amar.

—Sí, la correcta y las incorrectas.

—Yo sé cómo tú piensas. Toda mi vida te he escuchado decir barbaridades contra los homosexuales, pero ni siquiera te dabas cuenta de que me quedaba callado, que no te apoyaba en las expresiones. Así eres tú, y no te digo estas cosas esperando que cambies ni nada parecido. Solo quiero decírtelas, porque te amo.

—¡No me vengas con mariconerías!

—No te amo de manera sexual, tonto. Te amo como amigo de toda la vida, como se ama un hermano. Y yo sé que tú me amas.

Huestín extendió los brazos y se le acercó. En algún pedacito de inocencia al cual se agarraba ilusoriamente, Huestín esperaba que Vicente le correspondería el abrazo.

Vicente le pegó con el puño derecho en la cara.

Ya Vicente no era tan fuerte dando golpes, pero tampoco Huestín lo era recibiéndolos.

El viejo perdió el balance y cayó en el piso.

Vicente de pronto se preocupó. Eso sería un acto de debilidad, pensó, y reforzó su actitud de macho insultado.

–Que sea la última vez que tratas de tocarme. Yo soy un hombre. No un maricón, como tú. Eres una vergüenza.

Vicente esperaba una respuesta. Huestín no podía hablar. Estaba sollozando

\` –Eso. Llora como una magdalena. Eres una nenita.

Huestín comenzó a temblar. Movía sus manos frente su pecho. Trataba de hablar, pero salían disparates distorsionados por el llanto.

Vicente pensó ayudarle a levantarse.

–Te ayudaría. Solo que no te puedo tocar.

Y así, lleno de una furia idiota, Vicente se fue y abandonó a Huestín a su suerte.

Martes

23 de julio de 2019

Ricky salió a trotar temprano en la mañana. Su padre se había popularizado durante la campaña a la gobernación con un comercial en que corría por la calle ejercitándose, pero lo hacía en blanco y negro y a cámara lenta, porque eso le añade estilo. Todo candidato con capacidad de correr tiene ventaja, porque demuestra que está preparado para huir.

Y Ricky ya pensaba en huir.

La entrevista con Fox había sido una humillación terrible. El paro nacional fue un evento de una magnitud tan impresionante que ocupó la atención de medios de prensa alrededor del mundo. Desde el Capitolio le exigían asegurar un sucesor. Los juristas adelantaron que había causa suficiente para un proceso de residenciamiento. Así que era irse, o que lo sacaran.

Mientras trotaba, los guardaespaldas le seguían, lo cual llamaba la atención. Eso quería. Estaba ejercitándose en Dorado, un pueblo a treinta minutos de La Fortaleza. Este pueblo es reconocido como la competencia contra Guaynabo en la categoría de clase alta. Hay residencias en donde el tanque del inodoro solo lo llenan con agua Perrier.

El status social siempre ha pretendido servir de instrumento para determinar valor en la sociedad, derechos merecidos y cuantía humana. Para la mayoría, es un sistema de mérito, aunque no hay ningún mérito en que ese espermatozoide y aquel óvulo coincidieron dentro de cierta escala social. En el caso de Ricky, algunos se refieren a su clase social como "burguesía", un término que considera despectivo, y con razón: La Real Academia Española define burgués como "clase media acomodada". El círculo de Ricky considera clase media acomodada al guardia en la caseta de la urbanización. Ellos prefieren describirse como "clase tan alta que causa vértigo".

Para comprobar la actitud de Ricky hacia otras clases sociales, basta de nuevo con recurrir al chat.

Ricky mantiene una residencia de vacaciones en las montañas de Cayey. La vivienda, después del huracán, disfrutó de seguridad durante el día y los servicios de agua y luz, mientras que los vecinos carecían de estas facilidades. El gobernador compartió, en el chat, una foto de una casa pobre en el barrio Jajomé, cerca de su propiedad. El comentario que acompañaba a la foto era éste:

"Mis vecinos de la montaña. Así no se puede pedir la estadidad".

Su observación delata, irónicamente, que la estadidad no es para los pobres.

La casa había sido levantada por un líder cívico. El anciano explicó que construyó la casa para su hija unos quince años antes, y que "es una buena casa, la hice yo mismo, porque conozco de carpintería y albañilería". Ante las burlas, expresó que, a pesar de ser pobres, eran "gente digna y decente".

Qué se jodan, pensó Ricky. Estaba hastiado. Que lloren lo que quieran, que se quejen; eso no nos cambia de clases sociales.

Por eso se dejó ver corriendo por Dorado. Quería recordarles a todos que su familia vive bien, y eso siempre jode a quienes te detestan. También quería burlarse de los manifestantes cerca de La Fortaleza, pues así demostraba que él pasó la noche cómodo en Dorado, mientras ellos protestaban contra un edificio. Allá ustedes, pasando calor y gases lacrimógenos. Cuando Reina le cuestionó su decisión de correr, Ricky no explicó nada de lo anterior, prefirió decir que, siguiendo su consejo canino, corría para hacerse el pendejo.

Por más que se hiciera el pendejo, no estaba ciego a las circunstancias. Por todos los medios corrían rumores de que los agentes federales pronto realizarían nuevos arrestos. Todo indicaba que, si no se retiraba, su destino era el residenciamiento. Aún le restaba una esperanza, aunque fuera mínima. Hoy llegaba Chancha.

***

Chancha no se llamaba Chancha, se llamaba Ester, pero usaba Chancha como nombre comercial. Ella se autoimpuso el seudónimo poco tiempo después de llegar a Nueva York en 1945, cuando las circunstancias la forzaron a recurrir a su mayor talento.

En un comienzo, todo era un ardid para obtener dinero de los crédulos. La idea le vino porque, cuando tenía catorce años, la llevaron a una especialista para que se deshiciera de su amigo imaginario de la infancia. El doctor le hizo varias preguntas a Ester, y concluyó, como si fuera una condición normal y corriente, que la niña había nacido con la capacidad de contactar a los espíritus, y que aquel amigo imaginario era un niño que –según las preguntas que hizo el doctor a través de Ester– había muerto en una central azucarera cuando tenía diez años. Mientras el menor aprendía el oficio –para el cual no ofrecían guantes, botas protectoras, ni nada parecido– se abrió, de un machetazo, una zanja detrás de un tobillo. A los pocos, los dolorosos espasmos musculares del tétano le dificultaban respirar, hasta que falleció, otra estadística de las millonarias azucareras que los estadounidenses habían acaparado cuando identificaron el valor de las islas adquiridas en el Caribe.

La madre le preguntó al doctor si había algún remedio Humphrey para eso, o si debía subirle la dosis de hígado de bacalao. El doctor dijo que bastaba con que la niña lo despidiera.

Ester habló de esto con su amigo imaginario, quien aseguraba llamarse Aguilero. El menor le explicó muchos misterios del mundo de los espíritus, y le confesó que no resisten las órdenes fuertes: Si alguien les habla con dureza, eso les lastimaba el alma, y como eso era todo lo que ya eran, el dolor resultaba insoportable, así que escapaban a cualquier punto del universo. Justo para probar lo aprendido, Ester le insultó, le dijo que ya estaba cansada de su presencia, que se fuera de una vez. Ester pudo verle el rostro adolorido de su amigo durante unos segundos, antes que desvaneciera para nunca más regresar.

Ester olvidó este incidente. Si se le aparecía algún espíritu, bastaba una mirada dura para espantarlo. Esto se convirtió en rutina y mero reflejo, resultando en que casi lo olvidara.

Cuando se casó, su esposo quiso que se marcharan a Estados Unidos. Entonces fue enviado a pelear en la Segunda Guerra Mundial y nunca regresó. Ester era una viuda con un hijo pequeño. A pesar de las circunstancias que le tocaron, estaba decidida a no trabajar en esos edificios de costura donde, durante el año, se turnan el calor endemoniado y el frío de ultratumba. Comenzó ganando dinero en apuestas de barrio en el juego de dominó –a veces se asociaba con un fantasma que le soplaba las piezas de los contrincantes– pero pronto todos desistieron de retarla. Aquí fue que decidió convertirse en Chancha, la espiritista. Cuando la comunidad de espiritistas protestó que ella usara este título, se identificó como Señora de lo Sobrenatural.

Su salto a la fama tomó unos años, cuando se le apareció un espíritu que aseguraba ser la Virgen María. Esto era un embuste común; muchos espíritus encontraban que era la única manera para que alguna gente les pusiera atención. Le explicó que había tenido un malentendido con una vecina llamada Lolita Lebrón, y que le había dicho en broma que atacara la Casa de Representantes de Estados Unidos, pero que ahora no lograba reaparecérsele para decirle que era una broma, y que Lolita ya había convencido a dos compañeros para la misión. Chancha llamó a Washington, y cuando su llamada fue atendida, Lolita y sus dos acompañantes habían disparado en el Capitolio, hiriendo a cinco legisladores. Lolita había disparado a lo loco con los ojos cerrados, pues actuaba por fe: si alguien moría, era decisión de Dios.

El Negociado Federal de Investigaciones le cayó encima a Chancha, buscando conocer la fuente de su información. Cuando el director J. Edgar Hoover supo de la insistencia de sus explicaciones, decidió ponerla a prueba. Chancha no tenía ninguna premonición para compartir, pero como era buena jugadora de dominó, inventó una teoría bastante vaga en la que aseguraba que si dejaban a un país caer en comunismo, otros seguirían, como piezas del juego. La información llegó hasta el Presidente Eisenhower, quien usó el principio de Chancha como suyo, y justificó así las intervenciones en Vietnam y el comienzo de la llamada Guerra Fría. Desde entonces, Chancha ha sido la consultora del negociado, de doce presidentes, varios dictadores y mandatarios leales a los Estados Unidos. En Puerto Rico, Pedro Rosselló fue el segundo en contratarla, cuando estaba preocupado porque Ricky insistía que hablaba con el fantasma de un taíno. En aquel momento, ella reconoció sus propios poderes en Ricky, pero prefirió no enseñarle a desarrollarlos, pues cuando ella le preguntó si estaba interesado en los muertos, Ricky le dijo que deseaba crear un ejército de zombis para conquistar el planeta.

La primera persona en usar sus servicios fue otro gobernador, pero dejemos eso para después.

Ya Chancha está retirada. Nunca se mudó de su apartamento en Harlem. Su intención era dejar su fortuna a su hijo, pero falleció mientras visitaba Puerto Rico. Se había hospedado en el Hotel Dupont Plaza, la misma tarde en que miembros de la unión de empleados incendiaron el edificio, causando casi un centenar de muertes. Su frustración es que nunca se ha comunicado con su hijo, y por eso no se muda, para que pueda encontrarla. Lo que sí le quedó claro a Chancha, es que las uniones debían ser destruidas, y que los izquierdistas defienden a las uniones, y que los comunistas son izquierdistas, y que los manifestantes son comunistas. Así que si el gobernador de Puerto Rico necesita su ayuda, ella está dispuesta a ofrecerla.

***

Sasha se despertó con la actitud de todos los hombres son unos pendejos, una está mejor sin ellos, que jodienda que me gustan los cabrones, pero no voy a llorar por un estúpido.

Sasha no lloró por Yamil. Tampoco por Amador. Ya mismo llora, pero debemos esperar unos minutos.

Revivió el final de la noche de lo que prometía ser un día especial. Estar en la manifestación le había hecho sentir que era parte de un momento histórico para su país. El beso de Yamil le agitó el corazón de una manera inesperada, sorprendida por el gusto, el deseo y la enorme chispa de felicidad. Disfrutó la algarabía en el Viejo San Juan, donde los manifestantes siguieron con sus reclamos hasta tarde en la noche. Yamil era una compañía tan perfecta, que Sasha hasta se sintió estúpida por haber considerado a Amador como pareja.

Entonces dieron las once de la noche.

El ánimo ya llevaba un tiempo caldeándose, con algunos manifestantes arrojando objetos a los policías. Se dieron varias advertencias pidiendo que no lanzaran nada hacia los oficiales. Aún quienes apoyan la protesta, pueden entender que esto es un pedido razonable y justo. Resulta complicado poder controlar las acciones de presentes cuyo carácter no es pacífico, y encima si ya están afectados por alcohol y el cansancio.

La policía, en cambio, usó otro pretexto para enfrentar a los manifestantes por tercera vez en el verano de Ricky.

Ya es tarde, se acabó la protesta, váyanse a su casa.

Yamil le sugirió a Sasha que se largaran. Ella hubiera accedido pocos segundos antes, pues estaba agotada. Ahora era diferente: Le pretendían prohibir estar allí, así que ahora se quería quedar. Otro de los eventos sobresalientes durante estos días de protesta, es que muchos boricuas han leído la Constitución del país y, por tanto, saben que la Constitución no establece hora de cierre.

Yamil le dijo a Sasha que era razonable romper ya todo, que la policía tenía que asegurar tranquilidad a los vecinos del Viejo San Juan para que pudiesen dormir. Sasha le respondió que la Constitución no habla del derecho a dormir, pero sí del derecho a reunirse de forma pacífica para exigirle al gobierno. Yamil le recordó que esto no es una reunión pacífica. Sasha le dijo que no sea exagerado, que hay unos anormales tirando botellas de agua vacías, pero que están pidiendo el retiro de todos, incluyendo a la inmensa mayoría que disfruta sanamente, y Yamil le observó que esa mayoría que disfruta sanamente nada hace por detener a los revoltosos y que eso los hace cómplice, y Sasha le dijo no puedo creer que estén lanzando gases lacrimógenos, y una canasta cayó a pocos pies de ellos y comenzó a emanar el irritante gas.

Se formó una estampida de personas huyendo por las estrechas calles, algo que en muchas circunstancias es causa de desgracias, pero los boricuas ya andaban con sus sentidos bien agudizados, y podían correr sin infligirse daño. Sasha se detuvo al doblar una esquina, Yamil le pidió seguir, ella dijo que no, y allí se quedaron. Poco después se asomaron hacia la calle, y se sorprendieron al ver un carro encendido en llamas. Yamil no resistió la molestia, y se quejó de que los manifestantes van a quemar el Viejo San Juan, que hay tuberías de gas muy antiguas, que era una irresponsabilidad de parte de quienes protestaban.

Sasha no le dejó pasar el comentario. Mientras caminaban de regreso al carro, discutían sobre las acciones de los manifestantes. Sasha le decía que han visto cientos de miles de personas protestar con paz y algarabía, que no debe juzgar toda la manifestación por unos desordenados que, de nuevo, no podemos descartar que sean policías encubiertos. Yamil, por su paz mental, había justificado aquellos visuales de revoltosos con pinta policiaca. Le dijo a Sasha que eso sonaba muy bonito, pues entonces que explique por qué no hace lo mismo con los policías y decide juzgarlos a todos por unos que actúan exaltados. En fin, añadió Yamil, ellos son gente también, y sufren tensiones, y están temerosos de que les hagan daño, solo quieren hacer bien su trabajo. Y Sasha le dijo carajo, yo sé eso, cuándo he dicho yo que todos son iguales. Yamil le dijo no vale la pena discutir contigo. Y ella le dijo yo no te he pedido que me discutas, te puedes callar la boca.

Estuvieron en silencio en el camino de regreso. Hubo un par de excepciones, en las que Yamil intentó hablar otros temas, pretendiendo dejar atrás aquel enojo. Después de recibir el mismo silencio como respuesta, desistió, y lo último que dijo fue "buenas noches" al dejarla. Ella no respondió.

En esta mañana del martes, su enojo aún perduraba.

Lo que le mortificaba a Sasha era la frase "no vale la pena discutir contigo". Los varones no entienden la gravedad de semejante insulto.

Por lo menos, Amador no le dice esas cosas, aunque estén en desacuerdo en casi todo.

Cuando fue a la cocina, no encontró a su abuelo. Vicente había desayunado sin apetito, y decidió salir a comprar leche y otros comestibles. Era una excusa para caminar hasta una panadería cercana. Necesitaba pensar, y las caminatas siempre le ayudaban a compartir con su mente.

Sasha decidió que era un buen momento para visitar a padrino Huestín, ya que llevaba días sin verle, y cuando ella se le aparecía, rápido la invitaba a sándwiches y café. Sería el rato idóneo, ya que su padrino era cariñoso, le hacía reír, le escuchaba con atención, y hacia un café superior al de su abuelo, aunque habían acordado jamás decirle eso a Vicente.

Como ya advertimos antes, Sasha va a llorar.

***

Yamil estaba ajeno a que su hermano tuvo un encuentro amoroso muy distinto esa misma noche.

Noel estaba agotado. Le cambiaron el horario. Durante los pasados días, llevaba una rutina agotadora. A las dos de la madrugada ya debía que estar en un cuartel del Bayamón, donde los preparaban antes de transportarlos a la Calle Fortaleza, para comenzar un turno de doce horas desde las cuatro de la mañana. Después les conducían de regreso, y cuando calculaba, había consumido casi dieciséis horas del día en su deber, pasando la mayoría de ese tiempo de parado bajo el sol –las coloridas sombrillas de la Primera Dama habían sido removidas– y los insultos de algunos manifestantes. Era importante eso de "algunos", porque igualmente hubo quienes se unieron a orar con ellos, y quienes les ofrecían agua y alimentos.

Estos gestos eran importantes para la cordura de Noel y sus compañeros uniformados, quienes se sentían descorazonados. Después de sus acciones heroicas tras el huracán María, en que los ciudadanos –agradecidos– se detenían en las luces a entregarles botellas de agua, los policías sentían que, finalmente, eran apreciados por sus compatriotas. Ahora habían pasado a recibir las botellas de agua en forma de ataque.

Pero la gran molestia de Noel y sus compañeros, era la

resistencia del gobernador a renunciar. Cada vez que despertaban, buscaban ansiosos las noticias, deseando que el mandatario hubiera ya terminado la crisis, para evitar las circunstancias de más enfrentamientos.

El asunto del paro nacional había trastocado los turnos de trabajo de los policías, y esta vez a Noel le tocó la noche. Mientras avanzaba por las calles del Viejo San Juan con otros oficiales, una chica les hizo frente. Cuando le rodearon, ella intensificó su protesta, levantó su cacerola, y mientras la hacía sonar con fuerza, clamaba: "Me tienen miedo será, me tiene miedo será, es un mamao, es un mamao…"

Noel quedó impresionado con el valor de la joven ¿Cómo no admirarla? Ojalá los manifestantes que enfrentara siempre fueran así; valientes, dando la cara, que su única agresión sea demostrar la falta de miedo.

Después se referían a ellas en las redes como Cacerola Girl.

Casi una cenicienta.

Noel nunca supo más de ella.

***

Cuando los boricuas hablan de manifestaciones históricas, siempre usan de referencia la marcha "Paz para Vieques", celebrada casi veinte años antes.

Vieques es una isla municipio en el este de la isla. Los independentistas habían protestado, por muchos años, el dominio de la base militar de los Estados Unidos en la isla, donde el ejército realizaba prácticas con sus bombarderos. Ya habían logrado sacar a la Marina, quince años antes, de la islita vecina de Culebra, donde las prácticas de bombardeo y otros ejercicios destruyeron parte de sus hermosos corales. Como prueba, en la Playa Flamenco de Culebra, descansan dos tanques de guerra en estado de descomposición, además de recordatorios de que aún pueden quedar explosivos en el área.

Esta vez, la causa no era exclusiva de los independentistas. En abril de 1999, un viequense llamado David Sanes, quien servía de guardia civil de seguridad, falleció cuando un bombardero F-18 lo despedazó, lastimando además a tres obreros civiles y un observador militar. Todo Puerto Rico se unió en la causa para remover a la Marina estadounidense de una vez por todas. Bueno, casi todo.

El ejército estadounidense tuvo sus defensores, aún después que la Marina reconoció que, menos de dos meses antes, habían disparado en la pequeña isla cerca de trescientas granadas con ojivas de uranio. Carlos Romero Barceló fue uno de quienes abogaron por la estadía de la base.

Esta vez, en cambio, el objetivo no podía clasificarse como independentista o comunista, a pesar de los elementos pasados de oposición a las fuerzas militares, como en el caso de la universidad por la presencia del ROTC. Miembros de todos los partidos apoyaron la causa, y muchos se unieron a la desobediencia civil, sin hacerse llamar revoltosos. Hasta Pedro Rosselló, quien era gobernador al comienzo de las protestas, le indicó a los Estados

Unidos, durante unas vistas congresionales, que "don't push it", o en español: "Dejen de joder".

La iniciativa tuvo varios aspectos que la distanciaba de las otras causas. A pesar de tratarse de un esfuerzo contra presencia militar de los Estados Unidos, el empuje no era idealismo político, por lo que siempre evitaron que se convirtiera en un movimiento "antiamericano". Ningún partido reclamaba protagonismo. Se unieron grupos religiosos. No había un líder definido, por lo que los defensores de la Marina carecían de una figura a la cual atacar su credibilidad.

Estos ciudadanos, en esta colonia en el Caribe, enfrentaban al poder del ejército de Estados Unidos. Sin recurrir a la violencia.

La Marina se retiró de Vieques. Las protestas tomaron cuatro años para lograr el resultado esperado.

La generación actual de adultos jóvenes recuerda estos eventos. No vivieron las violentas batallas entre poderes del gobierno y boricuas que aspiraban la independencia, nada de bombas o destrucción a la propiedad, no había que caerse a pedradas y macanazos. La experiencia vivida fue que, si luchamos unidos por lo que consideramos justo, lograremos los resultados.

Esta era la generación con la que tenía que lidiar Ricky. Y por eso sus viejas tácticas seguían fallando.

***

Yamil se sintió idiota.

Alguien había grabado el incidente del carro prendiéndose en fuego.

Un policía lanzó un gas lacrimógeno. La canasta rompió el cristal trasero de un carro estacionado, causando que se incendiara.

La misma policía que velaba por que no hubieras desgracias, formó una estampida humana; la policía que deseaba que los vecinos descansaran, llenó el aire de humo ardiente; la policía que decía querer proteger la ciudad contra los fuegos, era el causante accidental de un incendio.

Aun así, eso no me quita la razón, pensó Yamil. Dudaba estar de pareja con alguien que piensa como piensa ella.

El pensamiento le deprimió tanto que consideró fumar para olvidar la depresión, pero estaba demasiado deprimido como para fumar.

***

El portón del balcón de la casa de padrino Huestín estaba abierto.

Se escuchaba un llanto de hombre desde adentro.

Sasha corrió buscando socorrer a su padrino, a su tío, a su segundo padre, a su primer amigo en la vida.

Había un hombre encorvado sobre el cuerpo de Huestín.

Los sollozos provenían de aquel hombre que desconocía.

Su nombre era Crisanto. No podía ofrecer explicaciones, porque el llanto no le permitía hablar. Sus dos manos sostenían una mano de Huestín. El ramillete de dedos estaba empapado por las lágrimas que no paraban de cascadear desde su rostro hasta el cuerpo de la persona que más había amado en esta vida.

Si Crisanto hubiera podido hablar, hubiera explicado lo siguiente:

La noche anterior, llegó a su casa un poco aturdido, y se quedó dormido temprano.. Cuando se despertó en la mañana, lo llamó, y le pareció raro que no contestase.

Se comunicó con Muelas, quien le dijo que yo no sé de Coxis, y de paso les digo que no hay reunión hasta nuevo aviso, porque mi hija está empeñada en meterme en un hogar de cuido y no me va a dejar salir. También llamaron de la casa de Tetilla para dar las gracias por haberlo entretenido estos días, pero que anoche no paró de llorar, que lo mejor es que no vuelva. Y Páncreas, ese nieto ingrato –bueno, confieso que no es exactamente mi nieto, pero es un muchacho de una cerrajería que conocí hace un tiempo, y ahora es casi un nieto para mí– no aparece por ningún lado.

Crisanto le hubiera contado a Sasha que, cuando colgó el teléfono, presintió que algo estaba mal. Llamó varias veces a Huestín, y ya desesperado, tomó el llavero que tenía de la casa, solicitó un taxi, y con tanto apuro que hasta dejó su silla.

Cuando entró en la sala ya Huestín estaba muerto. Inmóvil en el suelo, su cabeza recostada a un pequeño charco de vómito seco. Sus manos retorcidas como si fueran papeles cerca del fuego. Estaba frío, su cuerpo tieso, el rigor cruel de la muerte con el cuerpo.

Todo esto le hubiera explicado a Sasha, si Sasha le hubiera

preguntado qué pasó; pero esto no ocurrió porque ella cayó de rodillas junto a Huestín con un grito cercano al aullido de la naturaleza en agonía.

Cuando recuperó aire y entereza en su voz, llamó a abuelo Vicente. Justo había regresado a la casa. Sasha no le dijo lo que había pasado; solo que era urgente que fuera a casa de Huestín.

Vicente caminó las dos cuadras preparado para lo peor. Desechaba la idea de la tragedia. Huestín está ofendido, le contó a Sasha de la discusión, ella quería ser mediadora. Sí, eso era. Sí, sí, sí. Eso es. Huestín está más duro que yo; está vivito y jodiendo como siempre.

Cuando ya se acercaba a la entrada, escuchó los gemidos, y sintió que el corazón se le descomponía.

Una mujer desde la casa vecina se asomaba por una ventana.

—¿Pasa algo?

—Le digo pronto —respondió Vicente.

Cuando entró a la sala, Sasha fue corriendo y le abrazó.

Vicente miró con horror a Huestín inmóvil en el piso.

Y a Crisanto —o Cadera— a su lado.

Había que actuar rápido. Después tendría tiempo de llorar.

—Voy a pedir ayuda a la vecina, ahora vengo —dijo Vicente, y salió, retornando unos segundos después.

Vicente pasó por el lado de Sasha, se inclinó al lado de Crisanto. Miró a Huestín muerto. Justo donde él lo abandonó.

No podía pensar en eso, no ahora.

—Él te quería mucho —le dijo Crisanto, las primeras palabras que lograba pronunciar.

Vicente le habló bajo, tratando que Sasha, quien de nuevo sollozaba, no le escuchara.

—No me hables, maricón.

Crisanto no respondió. Vicente quedó en silencio, palpando a Huestín, deseando que todos estuvieran equivocados. Quedó en silencio unos minutos hasta que sintió un carro detenerse frente la casa.

—Vete ahora.

Sasha escuchó.

—¿Quién es él? —preguntó ella.

—Nadie de importancia —Vicente le tiró por un brazo para ponerle de pie— Ya se va.

El taxista llamó desde la calle.

—¿Qué pasa aquí? —exigió saber Sasha.

—Le pedí a la vecina que llamara un taxi, ya está aquí.

—¡Pensé que habías pedido avisar a los paramédicos o la policía!

—Tan pronto él se vaya.

—¿Por qué? —insistió Sasha.

Crisanto se adelantó a responder antes que Vicente pudiera hablar. En ese momento, pasaba adolorido con su bastón por el lado de Sasha.

—Porque lo amo mucho. Y no se ve correcto.

Sasha quedó confundida. Vicente se aseguró de que Crisanto se montara en el carro y se fuera.

Vicente entró a la casa. Usó su celular para pedir ayuda. No deseaba envolver más a la vecina.

–¿Qué es todo esto?–preguntó Sasha.

–Tu padrino está muerto, eso no tiene remedio. No podemos salvarle la vida, pero podemos preservar su reputación.

–¿Ese hombre tenía una relación con padrino Huestín?

Vicente esperaba que ella hubiera hecho la pregunta con repudio o sorpresa. Solo había pena en sus palabras.

–Tu padrino estaba confundido. Si la policía llega, y entrevistan al hombre que estaba aquí, quién sabe lo que cuenta. Imagínate lo que dirán cuando se enteren. Y lo que dirían de tu abuelo, que siempre andaba con él.

Sasha quedó boquiabierta. No quiso mirar más a abuelo Vicente. Se inclinó cerca de Huestín. Tomó una tela decorativa del brazo de un sofá cercano, y la usó para taparle el rostro. Le acarició el brazo.

–Dime algo –pidió Vicente.

–No te quiero hablar –respondió Sasha.

–Solo hago lo que él hubiese querido.

–Siempre crees tener derecho sobre lo que los demás quieren, y si no quieren lo mismo que tú, hay algo terrible con ellos.

–Nadie lo conoce como yo, sé lo que te digo –mintió Vicente.

–Para conocerlo tanto, parecería que ni te importa.

Eso no era cierto. Vicente sabía que si no contenía sus emociones, si las dejaba salir un poco, iba a desfallecer. Era la tercera vez en su vida que se sentía así: Cuando tuvo que identificar el cadáver de Glorivette, cuando falleció Mariana, y ahora. Tan pronto permitiera que el dolor entrara, lo consumiría.

Vicente le contestó a su nieta con resentimiento, que siempre es un error si alguna de las partes no está dispuesta a detener el ataque mutuo; como se ha demostrado en la guerra entre izquierda y derecha.

—Me dices eso, pero yo lo veía todos los días. Para quererlo tanto, lo tenías abandonado.

—¡No sabes cuánto quisiera haberlo visto más!

—Pero no lo hiciste.

—¡He estado ocupada!

—¿En qué? ¿Perdiendo el tiempo protestando?

—Eso no es perder el tiempo. El país está exigiendo respeto.

—¿De qué? ¿Por lo de puta? Se ofenden por lo de puta, pero entonces se ponen a gatear, o a perrear, como se llame.

Sasha explotó. Aún a esta altura, los defensores incondicionales querían minimizar las revueltas, limitando todo a los insultos. Sasha descargó su enojo contra toda esta gente, el dolor por la muerte de su padrino, y la rabia contenida por años hacia la moral testaruda de su abuelo.

—Pues te diré algo. Yo voy a bailar en el perreo combativo para protestar este gobierno. Así que para ti, soy una puta.

—Sabes que no me gusta que hables así. Y no vayas a eso, que tú no eres ese tipo de mujer.

—Lo soy, es que lo heredé.

Sasha hablaba para lastimarlo por donde le dolía.

Sabes que soy una hija de puta, le dijo Sasha, quien pasó a describir los cuentos que conocía sobre su madre, de que se acostaba con media cuadra, aunque quizás era exageración, lo que sí se sabe es que estaba enamorada de un vecino, porque estaba en un matrimonio sin amor, por un compromiso forzado por Vicente, porque Glorivette tenía que casarse con un profesional católico de valores conservadores, y así le forzó a unirse con un cobarde que le pegó cinco tiros a ella, antes de matar al amante y, al final, atravesar su propia cabeza con la última bala.

Vicente no resistió esos insultos a la memoria de su hija; maldijo a Sasha y le ordenó que se largara. Ella respondió que no se preocupe, que no sabría más de ella. Se inclinó a darle un beso en la cabeza a Huestín, y se marchó.

Vicente se quedó pensando sobre lo que ella mencionó del perreo combativo. No tenía claro en qué quedó el plan de Los Plomeros, en cómo procedería Páncreas.

Cuando Vicente pretendió ir detrás de Sasha, llegó la policía para atender la llamada sobre el muerto. Después hablaré con ella, pensó Vicente, sin entender la magnitud de su furia.

Vicente llegó a su casa una hora más tarde. Sasha se había largado. Sus gavetas estaban abiertas y el closet revuelto, muestra de alguien que ha empacado apurado y lleno de rabia. Vicente la llamó por celular una veintena de veces. Por su desconocimiento de tecnología, no tenía idea de que Sasha le había bloqueado.

***

Los rumores de que Ricky iba a renunciar eran tema de las

redes, los programas de radio, y todos los expertos políticos espontáneos que habían surgidos.

Ricky no desmentía ni confirmaba la información. Los líderes de su partido le rogaban que escogiera un Secretario de Estado –el puesto estaba vacante debido a la crisis del chat– para dejar un plan de sucesión para conveniencia de todos, pero Ricky le seguía dando largas al asunto.

Sabía que tendría que renunciar si las cosas no cambian.

Ya llegó la espiritista, o como quiera que se llame. Exigió descansar, pues los vuelos son muy cansones cuando ya tienes casi cien años. Sin falta, mañana miércoles, invocamos el espíritu que usted pide, le aseguró ella.

Mañana será un buen día, pensó él.

Miércoles

24 de julio de 2019

Vicente no tenía deseos de preparar café. No tenía con quien compartirlo. El sabor no era el mismo desde que su nieta le regaló una cacerola nueva para reemplazar la irremplazable. Tampoco tenía ánimos para caminatas. Sacó el Ford Granada de la marquesina y buscó alguno de los muchos negocios que anuncian café.

Vicente es de la generación que pagaba, a lo más, cuarenta centavos por un vaso de café. Un café sencillo, capaz de hervir en el paladar, con un toque de leche, en un vaso de foam. Medías el azúcar a ojo, contando los segundos mientras escapaba del azucarero, como un reloj de arena roto. Lo revolvías con un palito plástico. Simple.

Entonces, con el nuevo siglo, llegó el mercado del café estadounidense. Este café no tiene la fuerza ni el sabor del café local colado en la panadería, tiene mucha agua, y el precio de un plato de comida. Por supuesto, esto tiene que fracasar, pensó.

Pero no fracasó.

El poder de la asimilación nunca debe menospreciarse.

El café se liberó de su trato de clase baja, para recibir la atención del lujo, con tazas de cristal, espuma con diseño, y endulzantes en sobres.

Vicente le pidió el café a una empleada. Él desconocía que debió referirse a ella como barista. Pidió su café, y ella le preguntó si lo quería frío o caliente. Vicente se preguntó quién carajo quiere su café frío, pero su estado anímico lo libró de entrar en discusiones inútiles, y se limitó a pedirlo caliente. Entonces ella preguntó si él quería capuchino, latte, machiatto, americano, mocha, hasta que el viejo la interrumpió para decirle que deseaba un café fuerte pero con un poco de leche. Ella quiso saber si era leche regular, leche baja en grasa, leche de soya, leche de almendra, hasta que Vicente se mordió la lengua para no hacer un comentario grosero. Leche de vaca, como se supone que sea, dijo él, y cuando le preguntaron si deseaba espuma, decidió pedirle que lo hiciera como le venga en gana, y que por favor no lo atormente con más preguntas.

Pocos minutos después, Vicente recibió su café, en una taza bajita pero ancha, con una cucharilla de metal a su lado, sobres de azúcar en el platillo, dos galletitas dulces que no había ordenado, y una ilustración en la espuma de la superficie.

Vicente miró todo esto.

Si el café ha boricua ha cambiado, significa que es cierto: Puerto Rico ha cambiado.

Quizás debo considerar que me he estancado, pensó.

Recordó la admiración de Huestín por el "Quizás".

Miró de nuevo el diseño en la espuma de su café.

Le habían escrito: "Ricky Renuncia".

***

Sasha despertó junto a su novio, o su amigo o su fuckbuddy o su jevito. El apartamento olía a velas de canela, la cama estaba sudada, el cuerpo de él descansaba sereno a su lado.

No exactamente.

Sasha no estaba en el apartamento de Amador; era su oficina. Y no olía a velas de calabaza, sino a aire húmedo.

Tampoco estaba en una cama. Durmió en el piso alfombrado y generoso en piquiñas.

Amador no estaba a su lado. Ni siquiera en la oficina.

Tienen que aprender que la gente altera las cosas cuando escribe; no crea todo lo que lee. Inclusive, pronto Sasha corroborará esta lección.

Sasha había ido, en la tarde anterior, a la oficina de Amador para pedirle que le dejara pasar la noche allí, pues no lograba comunicarse con sus amigas; seguro que andan en protestas. Amador sugirió acompañarla un rato en la noche, podían compartir una botella de vino. Ella le dijo que estaba bajo mucho dolor, que había perdido a su padrino Huestín. Amador le sugirió que la mejor medicina para el dolor, era una sesión de amor. Sasha pensó que me la mejor medicina en este momento era mandarlo al carajo; pero se contuvo, exhaló impaciente y entonces le pidió que se fuera, que prometía irse temprano en la mañana.

Sasha llamó a Idalis y por fortuna estaba despierta desde

temprano. La venta de las galletas la había convertido en una empresaria, y ya estaba en compra de ingredientes. Claro, puedes quedarte conmigo, le dijo Idalis, nos vemos en la tarde. Sasha se había sentado en la silla de Amador y, para su sorpresa, al trepar los pies en el escritorio, la vibración descongeló la pantalla de la computadora.

Sasha no había intentado averiguar. El descuido, de la falta de contraseña para entrar a la computadora, le hizo perder un poco de su admiración por Amador.

Ella no era persona de registrar celulares o mensajes ajenos, pero no resistió estudiar el meme que Amador tenía en pantalla.

Era un montaje de dos fotos.

Arriba, unos manifestantes luchan en Venezuela.

Su texto: Estudiantes venezolanos luchan contra el hambre y el comunismo.

Abajo, manifestantes frente la policía en calle Fortaleza.

Su texto: Estudiantes en Puerto Rico luchan a favor del comunismo y la pobreza.

Sasha lo releyó varias veces.

¿Qué clase de estupidez es ésta?

¿En qué momento los manifestantes se han expresado a favor del comunismo?

Sasha exploró los archivos en la computadora. Estaban separados por temas. Uno de los archivos se titulaba "Residente", y adentro contenía ataques contra "sus manifestaciones" y "su apoyo al gobierno de Venezuela".

Otro era sobre Bad Bunny. Incluía una lista de argumentos para desprestigiarlo. Muchos de estos ella los había visto ya: Que le aplaudían que hablara sucio en sus canciones, pero se indignaban si lo hacía el gobernador. En otras palabras, quienes se quejan son hipócritas.

Sasha había amanecido sin paciencia para la idiotez. Quería llamar a Amador y explicarle: Bad Bunny no es el gobernador del país. Las palabras de Bad Bunny están dentro del contexto del entretenimiento. El argumento es tan estúpido como acusar de hipócrita a quien lamenta una masacre, porque, caramba, más gente mata Keanu Reeves, y nadie dice nada.

Por ahí seguía: Carmen Yulín, Molusco, Jay Fonseca, Ricky Martin, Cuba, el arresto de Acevedo Vilá, los independentistas, las ayudas federales y mucho más.

Nada tenía que ver con lo que se protestaba.

Todos estos esfuerzos de fotuteros en las redes carecían de puntos de peso para defender a Ricky, así que recurrían a dividir a los opositores. Si había personas con miedo al comunismo, se desasociarían de las protestas. Si presentaban esto como un esfuerzo del partido opositor, debilitaban el ánimo de los PNP participantes. El miedo al independentismo espantaría a otros. Quien se considere "moral", no se juntaría con esos artistas. Si presentaban a estas personalidades como hipócritas, lograrían restarle influencia.

Sasha entendió que estos ataques no estaban creados por idiotas; estaban dirigidos a idiotas, que no es lo mismo. Los memes y mensajes en las redes buscaban el temor del ignorante, de quien se guía por miedos y prejuicios.

Esto va dirigido a gente como abuelo Vicente, pensó Sasha. Y a quienes aceptaron esas enseñanzas, y no las han acomodado al cambio de los tiempos, a la nueva realidad histórica.

Sasha abrió la ventana.

La computadora podría beneficiarse de una caída desde un segundo piso.

Se quedó allí varios minutos pensando. Le gustó la brisa.

Apagó la computadora.

Y ya.

Había decidido no romperla.

Hacerlo sería querer acallar a alguien.

Eso es algo que trataría alguno de los justicieros sociales de las redes.

Peor: Eso es algo que trataría abuelo Vicente.

O la gente del chat de Ricky.

Yo no soy así, pensó Sasha.

Salió de la oficina y retornó la llave al escondite que le indicó Amador. Pensó dejarle una nota de despedida final, entonces decidió que no había necesidad. Ya él entendería que su capítulo con Sasha había terminado para siempre.

***

Vicente entró en la casa de Huestín.

Le había explicado su ansiedad a la barista, a pesar de que

sospechaba que ella era comunista, y posiblemente hasta caníbal, porque usaba una pantalla entre los dos rotos de la nariz. Le dejó saber su ansiedad porque su nieta no le contestaba el teléfono, que sabía que no era problema con su propio celular porque también había probado con el de su casa. La barista le explicó que quizás le tenía bloqueado. Vicente preguntó qué es eso. Ella le dijo que uno puede instruir a su celular para que no acepte las llamadas de ciertas personas. Vicente se maravilló con semejante avance de tecnología, el cual inmediatamente odió.

La barista le ofreció su teléfono para que llamara, pero declinó la oferta. Vicente pensaba que le podía pegar sida.

Vicente pensó que era mejor usar el teléfono de Huestín, que podría limpiarlo sin que nadie se insultara. Sasha iba a reconocer que debía ser su abuelo llamando desde el teléfono de la casa de Huestín, pero Vicente no consideró esto porque no tenía idea de cómo funciona eso de bloquear.

Vicente siempre llevaba una llave de la casa en su llavero. Hace muchos años que no la usaba, pero en el pasado, era el encargado de regar las plantas cuando Huestín y Flora viajaban a visitar familiares en Estados Unidos.

Cuando entró a la sala, pensó que había sido un error. Vio el espacio vacío que antes ocupaba el cuerpo muerto de su mejor amigo, y era como si volviera a verlo allí.

Según quienes trabajaron con la remoción del cadáver, lucía como que el anciano había sufrido una caída que le rompió la cadera, y la tensión le causó un ataque al corazón para el cual no pudo buscar ayuda, porque no podía moverse. Llevaba sobre doce horas muerto cuando lo encontraron.

Lo último que vivió, pensó Vicente, fue mi maltrato.

No pienses así, se dijo, si alguien falló aquí, fue él a mí.

Pero no pudo convencerse.

Se derribó en una butaca.

No le importaba si Huestín hubiera sido homosexual, comunista, traidor a la patria, o asesino en serie. Huestín era el compañero que jamás lo juzgó, que nunca le negó un favor, que le apoyaba en sus proyectos, que trató a su hija y nieta como si fueran su hija y nieta.

Sintió nostalgia.

Buscó la foto de ellos dos, la que siempre estaba en un mueble de la sala.

No estaba allí.

Extraño.

Vicente inspeccionó la casa. No parecía que se hubieran robado algo de valor. La entrada no lucía forzada.

Los sobrinos lejanos de Huestín –que buscaban gestionar el destino del cuerpo y poner a correr los detalles de herencia– no estaban supuestos a llegar hasta el día siguiente.

Solo tenían llave Sasha y él. Y Cadera debe tener una copia también.

Muelas mencionó algo sobre Páncreas; que trabajaba en una cerrajería o algo así.

¿Habrá entrado? ¿Para qué?

Vicente no limpió el teléfono. Llamó a Muelas. Su hija le dijo que estaba viviendo en un nuevo hogar donde recibe la atención que merece, y siguió justificándose sin necesidad, hasta que le interrumpió para preguntar por Páncreas, a quien no se refirió de esa manera, sino que lo describió como el joven que traía al padre de ella a las reuniones. Ella le explicó que era un cerrajero que había hecho amistad con su padre, cuando le pidieron ayuda para que le sacara de un cuarto donde se había quedado encerrado. El joven perdió el trabajo poco después, y compartía mucho con el viejo, porque tenían temas comunes que ella no especificó pero que ambos podían inferir. Desde el fin de semana no lo han visto, solo sabe que su padre le ha llamado varias veces pero parece tener el número desconectado.

Cuando colgó el auricular, Vicente caminó de un lado a otro, pensando en el misterio. Huestín le guardaba secretos. Un escondite común para los secretos es los marcos de las fotos. Cuando revisó, recordó otro que no estaba: Su foto de bodas con Flora.

Páncreas aseguró que usaría una bomba hoy, contra el perreo combativo.

Pensó en llamar a la policía. No le importaba si lo daban por viejo senil, o si lo investigaban. Sabía que la policía tiene que hacerle caso a todas las advertencias de bombas, por absurdas que parezcan.

Pero, ¿Y si no le creían? Seguro que debe haber muchas amenazas falsas en estos días ¿Y si la policía se lo llevaba a un cuartel a interrogarlo? No iba a poder ayudar a Sasha.

Vicente miró la sala que sentía como otro hogar propio. Parecía como si hablara con el pasado, con sus errores, con Huestín, consigo mismo.

Tendría que detener a Sasha antes que participara del perreo combativo.

Eso significa que tendría que ser parte de los manifestantes.

***

Ricky dejó saber que ofrecería un anuncio a las cinco de la tarde.

Los cabecillas de la Cámara y el Senado lucían conformes. Se evitarían el espectáculo de residenciamiento que dividiría aún más al partido. Ahora todos intercambiaban llamadas para repartirse las sillas. Esto le daba tiempo a Ricky.

Chancha le había asegurado que tenía los poderes para reversar su mala fortuna. No hay nada imposible con ayuda del mundo ulterior. Si hubiera que destruir a sus enemigos, se haría. Si se necesitaba sangre y destrucción para mantener armonía, los fantasmas vengadores estarían dispuestos.

Su anuncio a las cinco de la tarde, conforme su plan, sería que se quedaba, que todos debían doblegarse ante él. Y de paso: Todas ustedes son unas putas ¿qué piensan hacer al respecto?

Ricky se sentía energizado con la escena que le prometió la Señora de lo Sobrenatural.

–¿Y qué sobre Cabucoana? –preguntó Ricky.

–¿Para qué you need him? –le preguntó Chancha.

–Pienso que debe estar relacionado a todo esto.

–Then it's better mantenerlo lejos, no queremos su control – advirtió Chancha– Yo conozco el tipo de spirits que invocaremos. Don't worry.

Se refugiaron en los túneles. Ricky exigió a sus empleados que se ocuparan de Reina. No la quería opinando en su plan.

Mientras los noticieros informaban sobre los acontecimientos en La Fortaleza, los empleados –sin saber qué hacer– dejaban salir a Reina para que hiciera sus necesidades físicas. Y Reina, tratando de mantener la distracción, cagaba lo que podía. Nunca se había sentido tan humillada en su perra vida.

***

Yamil se sorprendió cuando vio a su hermano Noel sin el uniforme.

Más aún: Tenía una camiseta con la versión blanco y negro de la bandera, uno de los símbolos de la protesta.

–¿Qué haces? –preguntó Yamil sorprendido

–¿Qué parece? –Noel sacó un pañuelo y se cubrió la mitad de la cara.

–¿A dónde vas?

–A las protestas, bobolón.

Noel se puso unas gafas oscuras y una gorra. Miró hacía Yamil y abrió las manos esperando una reacción.

Yamil cerró los puños con fuerza.

Iba a enfrentar a su hermano.

—Estaba orgulloso de ti, pero hacerte pasar por manifestante para formar encontronazos, me llena de vergüenza.

Noel rio.

—¿De qué carajo hablas? —preguntó.

—Que vas a ir como manifestante —reprochó Yamil.

—Es obvio, mamón.

—Eso es una cobardía. Algunos harán estupideces, pero son más inofensivos que los macanazos y los gases lacrimógenos.

—Estamos de acuerdo.

—¿Entonces por qué te haces pasar por uno de ellos?

Noel se percató de que Yamil no jugaba. Su respiración estaba agitada, como inundado en adrenalina. Noel se sentó en la cama, y le habló en tono serio.

—No me hago pasar por uno de ellos. Soy uno de ellos.

—¿De los manifestantes? ¿Y por qué te tienes que tapar la cara?

—Creo que debieras entenderlo. Debo decidir entre afectar mi empleo o dejar de apoyar la lucha.

Yamil agitó la cabeza. Estaba confundido.

—¡Los manifestantes son tus enemigos!

—¿Estás loco? ¡Yo los protejo!

—¡Tú los odias! ¡Recuerdo cuando te ofrecieron comida de perro en la huelga universitaria!

Noel afirmó con la cabeza.

—Odio cosas que han hecho. No me caen bien muchos de ellos. Pero también odio cosas que han hecho mis compañeros, y no me caen bien muchos policías. Nada es perfecto.

–¿Estás con las protestas?

–Cien por ciento.

–¿Por qué participas entonces con los policías en la Calle Fortaleza?

–Porque es mi deber.

–¿Por qué no abandonan todos sus puestos y se unen a los manifestantes?

–Por la misma razón que quienes dicen eso, no se meten a policía cuando se quejan del crimen. Siempre es fácil exigir a otros que dejen su carrera de vida –Noel hablaba animado, como si hubiera querido expresarse de esa manera por mucho tiempo–. Además, ayudamos más de la manera que lo hacemos, asegurando que nadie aproveche las circunstancias para una tragedia mayor.

–Mayor daño causan cuando han tratado de romper las manifestaciones.

–A la mayoría de nosotros no nos gusta. Por eso es importante que vaya a protestar, para que esto acabe.

–¿Por qué protestas?

Noel explicó sobre la lucha de los policías para cobrar tiempo extra, las condiciones terribles de trabajo, el salario pobre, las promesas no cumplidas por las administraciones, los compañeros que han sufrido porque el equipo es inadecuado ¿Cómo debe sentirse un policía cuando ve a los políticos robando y enriqueciéndose? Carajo, los policías somos también ciudadanos y empleados públicos.

Yamil seguía dudoso.

—¿Así se sienten todos?

—Quisiera decirte que sí, pero no. Muchos de la vieja escuela dicen que extrañan cuando podían caerle a palo limpio a la gente sin consecuencia alguna. Dicen que se han aguantado porque tienen encima al monitor federal.

El monitor federal fue asignado por el Departamento de Justicia de los Estados Unidos, después que, diez años antes, la división de derechos civiles concluyera que en la Policía de Puerto Rico existía un patrón de abuso del poder, uso excesivo de la fuerza, y supresión de la libertad de expresión.

Nada es perfecto, pensó Yamil. Nada es absoluto. No todos los policías son buenos, no todos los manifestantes son pacíficos. Eso no hace menos valiosa la aportación de los policías; como tampoco menos digna la causa de los manifestantes.

De la misma manera que un mal rato no opaca todos los momentos maravillosos que uno vive con alguien.

—¿Puedo ir contigo? —preguntó Yamil.

—Solo si te cambias de ropa. Estuviste fumando pasto, se siente. Cabrón, tienes que bajarle a eso.

Yamil se iba a cambiar de todas maneras. Quería verse bien para Sasha cuando le pidiese perdón. La encontraría sin problema. Ella le había dejado saber que participaría del perreo combativo.

***

280

Sasha le mostró a Idalis y Lurmar sus pantalones cortos. La tela era blanda, y dejaban escapar, cuando se agachaba, la parte inferior de sus nalgas, hasta permitir que se asomara su mariposa azul. Eso, en un baile de perreo, tenía que ser devastador para los corazones frágiles.

Las amigas siguieron el plan con entusiasmo y se pusieron sus mejores cortos. Iban a dominar en el perro combativo.

Como el gobernador había anunciado un mensaje en la tarde, y todos anticipaban que era un anuncio de renuncia, decidieron llegar temprano en la tarde, así que no pudieron preparar galletas premiadas para la venta. El tiempo les permitió cocinarse al menos unas de mantequilla de maní para consumir en el Uber de camino al Viejo San Juan.

Sasha necesitaba mantener su cabeza alejada de muchas cosas. La causa de las protestas, las expectativas del perreo, el vacilón de sus amigas y la intervención química de las galletas le estaba ayudando. Muy poco, pero algo.

***

Chancha, cargando un enorme y gastado bolso de imitación de Britto, siguió a Ricky hasta su salón de trono. Allí pudo ver, sin dificultad, a Romero Barceló. Se miraron con respeto, estudiando el poder de cada uno.

—Te estaba esperando —le dijo Romero Barceló.

Ricky hizo una mueca de sorpresa. Chancha lo notó, y desvió la atención. Romero se disculpó, indicando que debía buscar algo.

—Puedo ver que tienes un fantasma que te acompaña y asesora. ¿Qué necesitas de mí?

—Necesito otro espíritu, uno que habitaba antes estos túneles. Su nombre es Cabucoana.

—Eso es un nombre taíno. ¿Para qué puede servirte un taíno? —había un desprecio sin disimulo en su tono.

—Creo que es la clave en todo esto.

—¿Tienes algún artículo que le perteneciera?

Ricky dijo no tener nada.

—Yo tengo algo —aseguró Romero, a la vez que llegaba con una caja de cartón llena de una diversidad de artículos: anillos, huesos humanos, pedazos de tela, implantes de metal, cenizas, cabellos, tierra, y otros componentes arrebatados de los cementerios.

Chancha pasó sus manos por encima del contenido de la caja, y sonrió cuando sintió el cosquilleo del aura del mal.

—¿Qué es eso? —indagó Ricky.

—Justo lo que necesitas —respondió Chancha— Solo me falta un animal para sacrificio.

—¿Dónde está Reina? —preguntó Romero.

***

El taxista logró dejar a Vicente en la Plaza Colón, justo en la entrada del Viejo San Juan.

Desde ahí tendría que caminar cerca de un kilómetro.

Un grupo tocaba canciones típicas en la plaza.

Había mucha gente, algo que no anticipaba tan lejos del punto de protesta. Abrumado, e inseguro de su plan, se sentó a observar.

Nunca había estado con los participantes de una manifestación. Esperaba mucha vestimenta verde oliva y los símbolos de puños levantados, y alguno que otro de la hoz y el martillo. No encontró nada de esto, pero divisó a alguien con camiseta del Che Guevara, y esto fue suficiente para justificar sus prejuicios y usarlo para representar a todos quienes estaban allí.

Notó muchos ancianos. Aún con la edad, cargaban alguna bandera o cartel, algunos hasta tocaban instrumentos musicales, o usaban cacerolas como si lo fueran.

Por fortuna, y para su orgullo, Vicente aún tiene muy buena visión o, por lo menos, muy buena para su edad.

Por eso, y por pura suerte, fue que vio a Cadera.

Estaba en su silla de ruedas. Se movía con dificultad por las calles adoquinadas.

Llevaba un bulto negro sobre las piernas.

Vicente recordó algo, y se levantó alarmado.

Recordó las palabras de Páncreas cuando le preguntó sobre cómo llevar la bomba.

"La enviamos con la persona que menos levante sospecha. Mientras más indefenso luzca, mejor."

Un desconocido vio las dificultades de Cadera y le ayudó empujando la silla.

Vicente lo perdió de vista.

Tendría que encontrarlo, y para eso, tenía que adentrarse a lo más profundo de la manifestación.

***

Los cabecillas del Capitolio llamaban a La Fortaleza. Estaban molestos. Ricky no les atendía, e interpretaron que el gobernador estaba trabajando por su cuenta; que no cumpliría los acuerdos.

El Presidente de la Cámara, quien ya había anticipado que los juristas encontraron causa para residenciamiento, anunció que comenzaría el proceso lo más pronto posible.

Ya eran las cinco de la tarde, y los empleados de Fortaleza distraían a la prensa con pretextos y movimientos dentro del edificio.

La tardanza se debía a que Ricky se opuso a sacrificar a Reina. No porque quisiera salvar su vida, sino porque su padre podría enojarse. Estuvieron debatiendo si sacrificar alguna de las otras mascotas en Fortaleza, hasta que Ricky preguntó si podría servir un huevo de carey.

Chancha dijo que serviría.

Antes de entregarlo, Ricky insistió en su pregunta.

—¿Cuál espíritu vamos a llamar?

—Muchos que están dispuestos a ayudarte —respondió Chancha.

—Cuando te dije que estaba hablando con los caballos, te mentí —intervino Romero, quien decidió terminar el misterio. —Estaba buscando pedazos de cadáveres para que Chancha hiciera su trabajo.

–¿Ya se conocían?

–Ayudé a Romero Barceló durante las elecciones del 1980.

Chancha se refería a la controvertible reelección de Carlos Romero Barceló para un segundo cuatrienio. El entonces gobernador había ganado su primer mandato por más de cuarenta mil votos, pero su imagen se había maltrecho con la controversia de los asesinatos en Cerro Maravilla. El candidato popular Rafael Hernández Colón llevaba la ventaja en el escrutinio, hasta que Chancha intervino. Hizo un embrujo de tanto poder, que hasta absorbió la electricidad. Cuando los servicios de energía regresaron, ya Romero Barceló tenía la delantera. Después Chancha hizo un "trabajo" en el edificio Valencia, donde se llevó a cabo el recuento de votos. Al final, después de tres meses de pugnas y controversias por papeletas extraviadas, Romero Barceló reclamó su segundo mandato, por solo unos tres mil votos.

–¿De quiénes son las piezas en la caja? –insistió Ricky, aun sosteniendo el huevo.

–Patriotas –respondió Romero– González Malavé, el cubano de la floristería, policías que lucharon contra la izquierda, agentes del FBI, miembros de los escuadrones de la muerte, y otros valientes que han combatido por los ideales de los Estados Unidos de América, la libertad, y la estadidad.

–Están atrapados en una dimensión diferente –explicó Chancha con brevedad, porque explicar las complejidades del Más Allá le iba a robar mucho tiempo–. Liberarlos en nuestro plano, con el poder suficiente de materializarse, requiere mucho poder y años de experiencia. Yo no lo hubiera podido lograr hace unos meses. Hay que llegar a casi cien para esto.

Chancha no quiso decirlo, pero podría ser la única vez que haga eso. Este tipo de trabajo casi siempre cuesta la vida del intermediario.

–¿Qué harán ellos? –preguntó Ricky.

–Puro caos –aseguró Romero –Castigarán a los manifestantes y destruirán a tus enemigos. El único orden es el orden del miedo. No se puede tener una sociedad libre sin que alguien administre cuáles libertades son aceptadas.

Ricky sonrió.

Le entregó el huevo a Chancha.

La espiritista comenzó con su ritual, pero fue interrumpido por una llegada inesperada.

***

Vicente sentía que no estaba integrado a la masa de protestantes. Si lo confundían con un agente encubierto, seguro que lo iban a linchar, a ejecutarlo sin juicio, y lo colgaban boca abajo en la Plaza Colón para que las masas salvajes maltrataran su cadáver, como le hicieron al cuerpo del pobre Benito Mussolini.

Se acercó a un vendedor de banderas que cargaba su mercancía en un cajón de madera con ruedas. Su esposa le ayudaba a atender los clientes. Vicente, miró las banderas disponibles, y aprovechó para librarse de una queja que repetían en las reuniones de Los

Plomeros.

–¿Por qué no tienen banderas de los Estados Unidos? –preguntó Vicente, con la respuesta ya en mente en caso de que le cuestionaran su interés.

–¿Para qué? –preguntó la mujer– Esto no es una protesta de los Estados Unidos. Es una protesta de los boricuas.

–Es que quisiera quemar una bandera de los Estados Unidos. Gringo Go Home! –dijo Vicente, mientras levantaba el puño.

–Puede hacer lo que le dé la gana, pero me avisa para no estar –le respondió ella– Yo viví catorce años en Estados Unidos, y tengo lindos recuerdos de mi familia allá.

–¿Usted es proamericana? –preguntó extrañado Vicente.

–Yo no soy pro ni anti nada. En todo caso proboricua. ¿Quiere una bandera?

El tono de ella indicaba el deseo de salir de él para atender a otros clientes. Vicente estudió rápido sus opciones. La bandera de Puerto Rico era un elemento demasiado independentista, lo haría sentir incómodo. La versión en blanco y negro, la consideraba una falta de respeto. Escogió una tercera bandera.

Vicente comenzó a marchar cargando su bandera, cuyo significado desconocía. Le gustó porque era neutral, no tenía diseño de país, y era muy colorida. En todo caso, representaba a uno de los movimientos estadistas que surgió en los 80.

Con nuevas energías para detener a Cadera, Vicente cargó por lo alto su bandera LGBT, también conocida como bandera del orgullo gay.

***

Sasha, Idalis y Lurmar llegaron hasta la esquina de las calles Del Corrupto y La Resistencia. El perreo combativo estaba supuesto a comenzar en este punto a las siete de la noche, la hora se aproximaba, y no había posibilidad alguna de desalojar el espacio necesario para que los participantes se organizaran y se unieran en coreografía. Aunque muchos estaban alertados sobre esta peculiar manifestación, la atención de todos se concentraba en que el tiempo continuaba corriendo, y Ricky Rosselló no había compartido su anuncio.

El ambiente festivo estaba cargándose de tensión. Los rumores corrían de que Ricky se iba a retractar o, más bien, que su anuncio sería el mismo de siempre: Que había sido escogido por el proceso electoral, y que de esa sería la única forma por la que aceptaría salir. Mientras tanto, seguiría con su labor y su plan.

Los presentes ocultaban cualquier posibilidad de desánimo, y escondían la incertidumbre, echándole encima bulla, música, algarabía y brillo.

Viendo que el asunto tardaba, las amigas subieron por la Calle Del Cristo –en esta fecha, Del Corrupto– hasta conseguir asiento en la Plaza de la Catedral, y allí se entretuvieron: Lurmar maquillándoles la bandera en el rostro, Idalis hablando de nuevos sabores para sus galletas, y Sasha pensando en Yamil.

***

Yamil le confesó a su hermano que siempre había querido ser policía.

—¿Por qué? —preguntó Noel.

—Porque eso somos en la familia.

—Eso no es razón para ser policía. No dejas de ser familia por no serlo, mamalón.

En ese momento estaban pasando entre el Teatro Tapia y la Plaza Colón, donde Vicente había estado rato antes.

—Pues, quiero hacer el país un lugar mejor.

—Eso estamos haciendo —respondió su hermano a la vez que comenzó a sonar la cacerola que cargaba.

***

Vicente caminaba con dificultad. Su estado físico era sobresaliente para alguien de su edad, pero casi ochenta años son casi ochenta años. Había dormido muy mal por el incidente con Sasha y la tragedia de Huestín. Tenía mucha ansiedad por las intenciones de Cadera, quien quizás estaba siendo utilizado por Páncreas. Sentía temor de encontrarse entre tantos revoltosos comunistas. Y su paso era un trote apresurado por encima de sus fuerzas.

Vicente divisó la silla de ruedas un poco más adelante.

Aceleró el paso.

Eso fue un error.

El corazón se le sobrecargó.

Vicente se llevó la mano al pecho, pues lo sentía latir agitado, pulsando las arterias en sus sienes. Sentía como si le hubieran inyectado cafeína directo en el corazón. No trajo sus pastillas, ni siquiera recordó haberlas tomado en la mañana. Su mente no se había ocupado de él hoy.

Sintió que sudaba. No veía bien

Soltó la bandera. Trató de sentarse en la acera, pero perdió el balance.

Alguien lo sostuvo antes que golpeara el piso.

De pronto, le rodearon sombras.

Pensó que le habían descubierto.

Un manifestante dijo ser paramédico. Le comenzó a tomar sus signos vitales. Otra persona pidió que le trajesen agua. Otro de los presentes dijo que llamaría a emergencias. Vicente levantó una mano. Recordó que no había almorzado. Quiero comer algo, pidió.

Una señora abrió su cartera y sacó unos dulces. Siempre tengo que cargarlos, dijo. Eso ayudará, pensó Vicente, pero no habló, solo usó la boca para aceptar el regalo. Llegó el agua y tomó un sorbo de la botella. Fue a devolverla pero le dijeron: quédesela, es suya.

Una mujer se le acercó con su hija, de unos diez años. Le recordó a Glorivette; llevaba cola de caballo, como ella solía lucir. Mi hija tiene un sándwich de mezcla en su bulto, que trajo para más tarde, pero me dice que se lo quiere dar.

Vicente aceptó agradecido. Se mantuvo sentado en la acera, consumiendo la comida y el bochorno. Estos percances de salud siempre son desagradables frente a extraños; en el caso actual tenía el agravante de que los extraños eran manifestantes. Estos no pueden ser comunistas, pensó, mucho menos terroristas. Esto es gente buena que se ha dejado comer el cerebro, opinó, más por costumbre que por certeza.

Cuando se puso de pie, un adolescente le entregó la bandera. Aquí tiene, se la cuidé, le dijo. Alguien le preguntó si necesitaba ayuda para llegar a algún lado. Todos le miraron sorprendidos cuando dijo que interesaba llegar al perreo combativo.

***

Cabucoana apareció frente a Ricky, quien se había acomodado en el trono, vistiendo la corona que se había construido, a la ligera, con papel de aluminio.

–Hola Ricky –saludó.

–Qué bueno que regresas, traidor –le dijo Ricky como en broma, aunque en serio–. Desde que te fuiste, todo se ha descojonado.

Ricky le hablaba así a Cabucoana porque les unía años de confianza. El espíritu taíno llevaba siglos entre los boricuas, y dominaba perfectamente el español formal y el coloquial.

–Me acuerdo de usted –le dijo Cabucoana a Chancha.

Chancha le ofreció una falsa sonrisa, y siguió con su trabajo. Sacó de su bolso unas hojas secas, que comenzó a triturar y dejar caer sobre la caja de Romero.

–¿Puedes detener las protestas que están ocurriendo? –le preguntó Ricky a Cabucoana.

–Yo no las he causado.

–Comenzó justo cuando te fuiste, eso es mucha casualidad. No me mientas.

–Confieso que sospeché que si nos íbamos, esto pasaría.

–¿De qué hablas? ¿Si se iban quiénes?

–Nosotros, los taínos. Cuando surgió tu problema, decidí buscar a alguien en otro de los planos de la vida ulterior. Pedí ayuda a todos los espíritus taínos en Borikén. Estuvimos fuera durante todo este tiempo.

–¿A quién buscaron? –exigió saber Ricky.

–Pronto lo conocerás.

Chancha aprovechaba la distracción de Cabucoana y Ricky, y continuaba con su embrujo.

–¿Por qué pasó esto cuando se fueron?

Entonces Cabucoana explicó lo que había descubierto.

La civilización de los taínos estaba acostumbrada a la tranquilidad, al juego, al amor, y trabajaban lo menos posible, solo lo mínimo para subsistir. Eran felices.

Los taínos recibieron a los conquistadores españoles con benevolencia. En cambio, los españoles abusaron de ellos, los explotaron, los esclavizaron, les arrebataron las tierras y riquezas. Los españoles se enriquecieron arruinando la vida de los taínos. Y los taínos, lo toleraron. Hasta que se extinguieron.

Ricky le miraba confundido, esperando entender qué carajo eso tenía que ver con su problema.

–Los taínos desaparecimos. Pero sobrevivimos dentro de la sangre de los borinqueños. Por eso les gustan los juegos, compartir con familia y amigos, el baile, y disfrutan del ocio.

Aquí entró Cabucoana en la explicación más rebuscada: Esto es lo que hace al puertorriqueño tan conformista, tan tolerante, igual que el taíno. Por eso los políticos se ocupan tanto en luchar por ayudas económicas más que por aumento laboral: Quiere mantener activa la herencia taína, y así conservarlos dóciles, mientras que ellos pueden saquear el país, como hacían los conquistadores.

Mientras Chancha escuchaba estas explicaciones, detuvo su trabajo con la caja de Romero y comenzó a preparar algo en un frasco que sacó de su bolso.

–La presencia de nuestros espíritus mantenía a la población con esta energía taína –continuó explicando Cabucoana– Nos fuimos, ya solo quedó nuestra presencia en la sangre, pero las otras razas en la mezcla pudieron dominar, y levantarse a luchar.

–Ya ustedes regresaron –comentó triunfante Rosselló– Así que todo vuelve la normalidad.

–Te quiero presentar a alguien.

Entonces apareció un fantasma con vestimenta de conquistador español.

–¿Y éste quién es? –preguntó Ricky.

Cabucoana le hizo un gesto a la nueva aparición, dándole permiso a responder.

El español alzó su cabeza con orgullo y levantó el pecho mientras se presentaba:

—Mi nombre es Diego Salcedo.

Diego Salcedo narró su historia. Había sido parte de los españoles que abusaban de los taínos. Tras más de una década de maltrato, los taínos —que pensaban que los españoles eran dioses— decidieron comprobar si los invasores eran inmortales. Así que, mientras pretendía cruzar un río en Añasco, los taínos se ofrecieron a cargarle para que no se mojase las vestimentas. Cuando iban a medio camino, los taínos lo dejaron caer y lo mantuvieron sumergido en el agua hasta que lo ahogaron. Después lo sacaron del río y lo observaron durante tres días, momento en que concluyeron que había muerto, o que nadie le ganaba en aguantar la respiración.

—Desde entonces luchamos —añadió Cabucoana.

—¿A qué viene todo esto? —exigió Ricky con impaciencia.

—Los borinqueños tienen que reconocer que ustedes no son dioses, que también pueden ser derrotados. Por eso esto. Debes ser vencido.

Ricky le tiró con el cetro, el cual no le hizo daño porque Cabucoana no era más que una fina manifestación de ectoplasma. Salcedo por poco recibe su golpe, y se puso nervioso. Cabucoana le autorizó a regresar a su plano de la vida ulterior, y el conquistador español se desvaneció.

—¡Me traicionas! —le gritó el aún entonces gobernador.

Romero comenzó a reír.

—¡Los taínos fueron masacrados de todas maneras! —se burló

Romero.

—Dices una triste verdad —reconoció Cabucoana —Debimos comenzar antes de que fuéramos pocos, y antes que ellos fueran tantos. Luchamos y tratamos. Parece tarde para Borikén, pero todavía los borinqueños pueden cambiar su destino.

Chancha aprovechó la distracción para acercarse con el frasco que estaba preparando y se lo lanzó a Cabucoana.

—Con esto, you are going nowhere —explicó Chancha con una sonrisa de satisfacción —Te tienes que quedar en este plano existencial.

—No pensaba irme, tampoco el resto de los taínos —explicó Cabucoana.

Ricky sonrió satisfecho. Significaba que regresaría la docilidad del pueblo.

—Porque hemos decidido cambiar —continuó Cabucoana— Ya no somos unos pendejos. Somos ahora parte de la generación de "Yo no me dejo".

El cuarto vibró. Una luz resplandeciente comenzaba a emanar de la caja de Romero. Chancha sonreía satisfecha.

La luz hizo que Ricky distinguiera lo que le guindaba a Romero entre las piernas.

No era un miembro al estilo caballo. Era la bolsa de los testículos, estirada por los jalones de la edad. El glande en forma de corazón eran sus dos bolas guindando.

***

Unos jóvenes insistieron, y cargaron a Vicente en sus brazos. A lo lejos –frente a Marshalls, o lo que Vicente conocía como las vitrinas de González Padín, un punto de visita obligatorio en excursiones de decoraciones navideñas– se distinguían unos manifestantes cargando a un hombre en su silla de ruedas. Vicente pidió llegar hasta allá.

Cuando estaban cerca, ya Cadera estaba en el suelo. Mantenía la bolsa entre sus piernas. Adelantaba en su silla con dificultad. Vicente pidió que le bajaran, y quedó a menos de diez pasos de Cadera.

Alguien se acercó y ofreció empujar la silla de ruedas. Vicente dio unos pasos ligeros, y le dijo al buen samaritano que él se ocuparía.

–Hola, Cadera.

El viejo en la silla de ruedas apretó la bolsa que cargaba en las piernas, mientras miraba horrorizado a Vicente.

–Me llamo Crisanto.

Vicente dio importancia a la información para no volverla a olvidar.

–Lo siento, Crisanto. ¿Qué haces aquí?

–¿Qué haces tú aquí? ¿Por qué cargas esa bandera después de todo lo que me dijiste?

–¿Qué tiene la bandera?

–Es la bandera de orgullo gay.

Vicente casi la tira lejos al escuchar la descripción. Pero

contuvo sus viejos reflejos. Miró la bandera, miró a Crisanto, y le dijo:

—Pensé que la querrías. Cuando te vi a lo lejos te la compré. Toma.

Crisanto bajó sus defensas, no por debilidad, sino porque tenía deseos de bajarlas.

—Gracias, pero no puedo cargarla. Estoy llevando esta bolsa.

Vicente pensó unos segundos antes de sugerir:

—Si quieres yo llevó la bolsa. ¿A dónde vas con ella?

—Quiero llegar hasta la esquina donde están los policías.

Frente este punto era que estaba supuesto a ocurrir el perreo combativo.

—Yo puedo llegar.

—Quiero hacerlo yo, gracias.

—Pues te llevaré —ofreció Vicente.

—¿Y la bandera?

—Yo la cargo.

Vicente comenzó a empujar la silla de ruedas. No había pensado cuál era su plan. Solo estaba ganando tiempo.

Pocos minutos después ya estaban en la esquina de la calle San José, justo una cuadra antes del punto acordado. La densidad humana desde este punto convertía el paso en una asignación casi imposible.

En silencio, miraron a los manifestantes. La música, la energía, la transformación positiva de la indignación. Adultos, ancianos, adolescentes, parejas, amigos, desconocidos, boricuas convertidos en hermanos de la manifestación.

Vicente pensó en el crimen tan espantoso que sería hacerle daño a esta gente.

¿Cómo es posible que yo apoyara una idea tan horrorosa?

¿Sería gente así a quienes hacíamos daño?

—Dame la bolsa, Crisanto —ordenó.

—Me imaginé que eso buscabas —respondió Crisanto—. Ya me parecía muy extraño tu cambio.

Vicente se sintió ofendido; ¿Qué quiere decir? ¿Qué no puede cambiar si se lo propone? No podía entrar ahora en esa discusión.

Vicente dejó caer la bandera de manera calculada. Crisanto la agarró, evitando que cayera en la calle. Vicente aprovechó el instante y le arrancó la bolsa negra.

—¡Devuélveme eso!

Vicente sintió el corazón acelerarse otra vez. Temía que en su tirón se detonara la bomba.

Esto no parecía contener un artefacto.

Lucía tener varias cosas sueltas.

Vicente abrió la bolsa.

Sacó algo del interior.

Era la foto suya con Huestín, ambos de etiqueta, frente el Casino de Puerto Rico, sudados pero alegres, después de haber ganado un premio de baile por su dominio del éxito Changa Rock.

Vicente estudió el marco. Aún tenía atrás el sello borroso con el precio de Farmacias Moscoso.

Había más en la bolsa; El muñeco de la Pantera Rosa, la foto de bodas de Huestín y Flora, la figurita de cemí que Glorivette había encontrado cerca del Faro Los Morrillos de Cabo Rojo, un muñeco de tela que Sasha le había regalado y que ella misma había fabricado en unas clases de artes, la estatuita pequeña del elefante.

—Eso se lo regalé yo —indicó Crisanto.

—¿Por qué tienes todo esto?

—Porque son las cosas que Huestín me dijo que eran importantes para él.

Vicente volvió a tomar el retrato de ellos dos.

Crisanto continuó explicando:

—Huestín y yo decidimos hacer penitencia. Prometimos venir juntos a apoyar a los manifestantes. Esta es mi manera de traerlo aquí.

Vicente estudió de nuevo la foto, ambos con la jovialidad de los veinte años.

Entonces Vicente se arrodilló con lentitud, abrazó a Crisanto, y comenzó a llorar. Lloró la tragedia de su hija, lloró la muerte de su esposa, lloró la pérdida de Huestín, lloró el enojo de Sasha, lloró toda su vida desperdiciada, lloró sus errores, y creyó que nunca iba a parar de llorar.

***

Lurmar estaba retocando su rostro mientras que Idalis le sostenía un espejo para que terminara su obra facial. Maquillarse es como recortarse el cabello: No es lo mismo hacérselo a otro que a uno mismo.

Sasha tenía un triángulo azul en la frente, con la estrella blanca en el medio. El resto de su rostro se dividía en cinco franjas: tres de ellas rojas, separadas por las restantes franjas blancas. Idalis había pedido la misma en blanco y negro. Lurmar se había antojado en crearse una nueva versión, sustituyendo el rojo por verde. El color rojo representa la sangre derramada por los revolucionarios. Ella quería una versión en que ya no es necesario desperdiciar sangre.

Frente a ellas se encontraba la Catedral Metropolitana y Basílica de San Juan Bautista, donde un grupo de personas estaban ocupando el espacio a la altura de las escalinatas, justo entre el edificio religioso y las escaleras inevitables entre una estructura tan grande y una calle empinada. Uno de los invasores del espacio estaba acomodando su equipo de música; varias mujeres se agrupaban y conversaban entre ellas.

Sasha miró el grupo, y supo lo que ocurría.

No había espacio para el perreo combativo en la esquina pautada.

Parecía un asunto cancelado, pues ya era tarde.

Pero no: Los interesados se mantuvieron merodeando los alrededores, y alguien declaró que ese espacio les serviría.

Sasha sonrió. Después de todo, no se va a quedar con ganas de perrear.

***

Yamil y Noel avanzaron agiles entre la multitud, y ya llevaban un rato muy cerca de la intersección de Del Corrupto y De La Resistencia, cuando se formó una algarabía de gente pidiendo ayuda.

Dos ancianos habían pedido llegar hasta la valla que separaba a los manifestantes de los policías.

Entonces vieron flotando, como si aquello se tratara de un concierto descontrolado, a los dos ancianos –uno de ellos en silla de ruedas– que eran transportados por los brazos de los manifestantes y se los pasaban unos a otros hasta acercarse al punto solicitado.

Yamil reconoció al abuelo de Sasha. Le pidió a Noel que llegaran hasta ellos.

Noel, que conocía muy bien el manejo de las masas, estaba muy alerta, pues sentía a los manifestantes muy alterados. El atraso del anuncio de Ricky, sin noticias de la hora de su mensaje o el contenido definitivo del mismo, podía explotar en una reacción de frustración y rabia, con consecuencias trágicas e inútiles.

Yamil llegó hasta ellos, gracias a que Noel estaba entrenado para abrirse paso entre multitudes sin problemas. Vio a Vicente y Crisanto sacando cosas de una bolsa negra. En la valla habían flores y otros detalles que habían colocado los manifestantes, y allí Vicente logró poner la foto de boda de Huestín, La Pantera Rosa, el regalo de Sasha, el elefante decorativo. Vicente preguntó si podía conservar el cemí –eso había sido un gesto de amor muy grande de Glorivette– y la foto en que ambos celebran su victoria en la pista. Crisanto estuvo de acuerdo.

Yamil se presentó y Vicente le dejó saber que no era necesario, que recordaba bien quién era, el amigo de Sasha. Eso le gustó: No dijo "uno de los amigos de Sasha", sino "el amigo de Sasha". Yamil preguntó si podía hacer algo por ellos. Los dos viejos pidieron a la vez que los sacaran de allí, que ya habían cumplido su cometido.

Noel sugirió que subieran por la Calle Del Cristo si acaso querían salir del tumulto tan apretado. En todas las calles había cientos de personas, pero si llegaban a una de las calles altas, como la Calle Luna, podrían regresar sin problema.

Fue así como encontraron a Sasha.

Justo cuando faltaba unos minutos para que comenzara el perreo combativo.

***

La caja de Romero seguía vibrando con un ruido ensordecedor y un brillo sobrenatural de película de Steven Spielberg en su período ochentoso.

El viento comenzó a correr por los túneles, sin explicación de su origen. Todo se volvió muy frío.

Cabucoana comenzó a recitar palabras, pero sabía que era inútil. Tenía que hacer una invocación muy precisa a sus dioses para lograr detener la invasión de ultratumba. Esto conllevaba unos bailes grupales, pero el hechizo de Chancha no le permitía buscar ayuda de otros espíritus.

Romero Barceló y Ricky sonreían, según comenzaban a

materializarse los opresores del pasado. Ya no se necesitaría discursos de democracia y libertad de expresión; sino la persecución y muerte de los que pretendan no seguirle el juego a quienes se encuentran en el poder.

Justo en ese momento, en la televisión local, un respetado hombre ancla de un noticiero, en una de las principales cadenas de televisión, anunció que "el perreo intenso acaba de comenzar".

***

Muchos no lo saben, pero el perreo viene de los taínos.

El areito era un canto de los taínos, que iba a acompañado de una danza ritual.

En el mundo antiguo, los bailes eran una manera de comunicación con el mundo espiritual. Así pedían ayuda: Bien fuera antes de la guerra, o ante fenómenos naturales. Sobre todas las cosas, era una celebración a la vida.

El fenómeno más celebrado era la fertilidad, que es la fuerza de la naturaleza que permite que sobreviva la raza humana, los animales, y que haya alimentos para todos. Por esto, es que durante la historia han abundado los bailes de pareja, como manera de seducción, como comunicación del deseo por copular.

En Europa, el dominio moral de la iglesia católica había renegado el significado sensual del baile, y para los españoles, aquello se limitaba a ceremonias religiosas, presentaciones artísticas, y costumbre de las cortes. Los taínos les contagiaron con sus ritmos de tambor, y sus llamados al coito.

Cuando los españoles trajeron esclavos africanos para complementar la baja en la población taína, ambos ritmos se fusionaron, y a través de distintos géneros se ha transmitido la genética de la música taína: el "blues", el "soul", el "funk", el "reggae", el reguetón.

Si en el perreo hay movimientos sugestivos al sexo, no debe ser escándalo: Es tradición humana.

***

No hay necesidad de escena de reconciliación, porque en el amor verdadero, a veces ni siquiera hay necesidad de reconciliación.

Sasha se emocionó cuando vio a su abuelo. Jamás lo hubiera imaginado presente en estas circunstancias; ya eso era suficiente muestra de amor. Corrió hasta su Abu, y le dio un abrazo tan fuerte que le lastimó la espalda, pero Vicente no protestó, porque no deseaba que ella le soltara.

Sasha liberó el abrazo solo porque deseaba poner las manos en el rostro de Yamil. El joven enamorado había ensayado sus palabras de perdón y amor, pero ella se las bloqueó con un húmedo y extenso beso.

La música comenzó a sonar desde las escalinatas de la Catedral.

Varias mujeres, de ropa escasa, comenzaron a bailar.

Idalis y Lurmar comenzaron a contonear sus cuerpos desde donde se encontraban, justo al otro lado de la calle. Sasha las miró sonriente, mientras que sus piernas se movían inquietas, resistiendo el dominio del ritmo.

Vicente no lo sabe, pero cambió el destino de Puerto Rico cuando le pidió:

–Baila.

***

Chancha comenzó a tornarse gris, como si se quemara muy lentamente. Sus arrugas aumentaban, como cera bajo fuego. Sus ojos y sonrisa mantenían el brillo de satisfacción. Cientos de asesinos de ultraderecha, muchos aun creyéndose héroes, llenaban los túneles, como si fuera las Fiestas Subterráneas de la Calle San Sebastián.

Todos esperaban las instrucciones de quienes le habían permitido llegar a este plano.

–Destruyan a quienes se me oponen –ordenó Ricky.

Cabucoana, derrotado, bajó la cabeza. Repetía las palabras de ritual en su cabeza, ya sin esperanza, pero con la intención de bloquear el ruido externo.

Romero sonrió satisfecho.

***

Medir la probabilidad estadística de lo ocurrido, sería un tema que solo interesaría a los amantes de los números, y hemos logrado llevar nuestra historia hasta este punto sin necesidad de matemáticas, así que dejémoslo así.

Solo digamos que usted tiene más probabilidades de esconder un grano de arena en una playa, y que alguien venga semanas después con la intención de adivinar cuál grano era, y escoja el granito de arena correcto. Los estadísticos consideran esto una probabilidad muy cercana a renovar su licencia y que no aparezca una multa ya pagada.

La probabilidad de lo ocurrido aquí es millones de veces menor.

Cuando Sasha se unió al perreo, todas las participantes habían coincidido en replicar el baile de ritual para enviar los malos espíritus al plano infernal. Tan tan tan tan tan.

Esto había que hacerlo en algún terreno de carácter sagrado, así que el uso de la Catedral –que fue criticado en los días siguientes– fue un acierto para el ritual.

Faltaba algo, y Vicente lo tenía justo en sus manos en ese momento.

En un gesto nostálgico, sostuvo en sus manos el cemí. La pieza de piedra comenzó a moverse: Su boca gesticulaba, y salían de ella las palabras que Cabucoana recitaba no muy lejos de allí.

Vicente no tiró el cemí. No le dijo a nadie que mirara. Presintió que esto era importante. Lo sostuvo en sus manos hasta que sintió pasar un aire frío y el cemí dejó de moverse.

***

El ritual había funcionado. Todos los espíritus desaparecieron como si fueran líquido por un desagüe invisible que terminaba en la dimensión del infierno. Chancha, fue consumida por la vorágine, convertida en una nube de cenizas, para alegría de ella y su hijo, que pues finalmente se encontraron. También fue arrastrado Romero Barceló, para tristeza de Lucifer.

Ricky quedó solo con Cabucoana. Le miró, confundido y asustado.

Cabucoana le habló directo y conciso.

—No quiero más crueldad contra el carey. Si acaso eso, para ti, representa el uso de poder sin consecuencias, quiero que sepas que ya eso se acabó.

Ricky movió la cabeza, afirmando que entendía.

Cabucoana lo despidió con esta advertencia.

—Ahora ve y renuncia. O yo mismo te ahogo.

***

Ricky grabó su mensaje. En el mismo, hizo un recuento de su labor como gobernador, tal como si hubiera sido un favor y no una responsabilidad. Tras asumir su papel de víctima, dejó saber que renunciaba.

Nunca atendió a la prensa que mantuvo durante horas esperando en La Fortaleza. El mensaje se transmitió por Facebook a las 11:47 de la noche, y terminó catorce minutos más tarde, con una explosión de felicidad entre todos los presentes en el Viejo San Juan, y en el hogar de todos los boricuas que se mantuvieron despiertos esperando vivir este momento histórico.

La celebración fue gigantesca.

Fue un 25 de julio.

Epílogo

F ue aún más complicado que mover la silla de ruedas por las calles adoquinadas pero, entre todos, lograron llevar a Crisanto hasta el Faro de Cabo Rojo.

El sol ardía sin quemar. La brisa era refrescante. El cielo azul era de pintura. Las olas se sentían cercanas, a pesar de que rompían en el fondo del acantilado, casi doscientos pies debajo de ellos.

Crisanto llevaba en las piernas la urna con las cenizas de Huestín. Los familiares lejanos, desinteresados, habían aceptado el pedido de Vicente para ser el custodio de los restos.

Vicente recordó que habían venido poco tiempo antes a liberar las cenizas de Flora. Crisanto compartió que Huestín le había dicho que era su punto favorito en la isla. Confesó que era la primera vez en su vida que visitaba ese lugar tan maravilloso, y que uno nunca deja de descubrir cómo ha desperdiciado el tiempo.

Sasha ofreció su ayuda, y los viejos la aceptaron. Ya no tenían la agilidad para acercarse al acantilado sin sufrir vértigo. Una caída desde esa altura les rompería más que las caderas. Yamil cargó la urna, y ya cerca de la orilla, Sasha le ayudó a liberar el contenido, el cual se esparció pronto por los aires y desapareció, juntándose con el mar, la piedra, la grama, el viento, el país.

Regresaron al carro sin hablar, cada cual en su reflexión. Vicente estaba arruinado, pues Páncreas había robado los ahorros de todos Los Plomeros. Cuando lo arrestaron, había desperdiciado el dinero en producir su propio disco de reguetón, sin éxito, por lo que terminó en la cárcel sin fuentes para reponer lo hurtado. Ya esto no le importaba a Vicente. Había conseguido su paz. Más importante aún, se sentía tranquilo con Huestín; porque aunque desconocía sus secretos personales, sí conocía su corazón lo suficiente como para tener la certeza de que ya le habría perdonado.

Una vez en el carro, decidieron que la próxima parada sería para comer. Crisanto dejó saber que, en ese clima, el cuerpo exigía una piña colada.

Por cierto, la piña colada se originó en Puerto Rico, pero ya terminamos los recuentos históricos. Así como Vicente: La historia se compone de lecciones para seguir modelando el futuro, no son momentos fijos. Estancarse es un error, mientras las realidades y los contextos cambian. Tan equivocado es juzgar el pasado por nuestras realidades presentes, como pretender juzgar las acciones del momento por circunstancias obsoletas.

La renuncia de Ricky no fue la solución a los problemas de Puerto Rico; pero fue la marca de que, desde ahora, los puertorriqueños están dispuestos a actuar: No mediante persecución, matanzas y bombas, sino con unidad en fines compartidos.

Como cierre de película, tengan la imagen de Vicente, Sasha, Crisanto y Yamil en un chinchorro –con el mar caribeño de fondo– brindando con sus piñas coladas.

Para no dejarlos así: La piña colada la inventó un bartender en el hotel Caribe Hilton, aunque otros se disputan este origen. No importa. Como quiera que sea: Salud.

AGRADECIMIENTOS

Aunque esto no es un texto histórico, hay muchas referencias a la historia de nuestro país en la narración anterior. Mi ambición es despertar el interés en algunos lectores para conocer la nuestra historia. La intención no es vivir en el pasado. Es importante pasar la página, pero también es importante haberla leído y aprendido, porque si no, las páginas siguientes carecen de sentido.

El libro "Antonia: tu nombre es una historia" por Hiram Sánchez Martínez recoge de manera muy vívida las luchas universitarias por remover el ROTC de la Universidad de Puerto Rico.

"Murder Under Two Flags" de Anne Nelson me sorprendió, porque además de describir los acontecimientos del crimen en Cerro Maravilla, explica detalladamente los eventos que nos llevaron a ese punto tan cruel y deshumanizado de la historia del país. También expone mucho de la complicidad del FBI con los grupos de terrorismo de derecha.

Desde el punto de la policía, el libro "La presencia de la policía en la historia de Puerto Rico 1898-1995" resultó muy valioso.

La historia de Deusdedit Marrero fue tomada del libro "La Mordaza" de Ivonne Acosta.

Otros libros que sirvieron como valiosa referencia fueron "La represión contra el independentismo puertorriqueño 1960-2010" de Ché Paralitici, "Diccionario de Voces Indígenas de Puerto Rico" por Luis Hernández Aquino, "La Insurrección Nacionalista en Puerto Rico – 1950" de Miñi Seijo Bruno, "Corrupción e Impunidad en Puerto Rico" por Antonio Quiñones Calderón, "Nueva Ola Portoricencis" de Javier Santiago, "Memorias de un soldado cubano" de Dariel Alarcón Ramírez, y una cantidad innumerables de fuentes, desde La Enciclopedia de Puerto Rico, la prensa del país, y mucho más.

Agradezco a los policías que estuvieron durante las manifestaciones frente a Fortaleza, y quienes concedieron entrevista para enriquecer mi texto, así como a personas que estuvieron cerca del gobernador durante mucho de este período.

Pero más que nada, agradezco a cada individuo que apoyó este suceso histórico en Puerto Rico.

Por último, gracias a mis lectores, que me apoyan aún en las ideas más descabelladas.

SOBRE EL AUTOR

Alexis Sebastián Méndez ha escrito para prensa, teatro, radio y televisión.

Su libro "Alegres Infelices" fue publicado en el año 2000, e incluye varios de sus cuentos premiados en diversos certámenes literarios.

Su novela "La Gran Novela Boricua" es una historia irreverente que recoge varios aspectos de la idiosincrasia de Puerto Rico, con resultados terribles.

"La Vida Misma: Tomo #1" recoge unos cuarenta ensayos de humor publicados en la columna que el autor mantenía en el periódico Primera Hora.

"La Memoria del Olvido" es su primera novela del género de misterio.

"La Noche que Renunció Ricky" es su primera novela del género "casi histórica".

Puede escribirle a alexissebastian@yahoo.com; si es un mensaje de cadena, lo borrara sin piedad.

Made in the USA
Lexington, KY
24 September 2019